小説 スマイルプリキュア!
新装版

著：小林雄次

講談社キャラクター文庫 023

目次

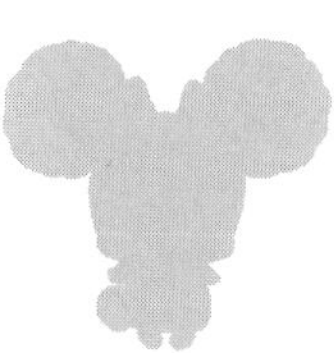

第一章　星空みゆき

あるところに、星空《ほしぞら》みゆきという中学二年生の女の子がいました。ハッピーなことが大好きで、いつもスマイルでいればきっとハッピーなことが待っていると信じている笑顔満点の女の子です。

七色ケ丘《なないろがおか》という素敵な街へと引っ越してきたみゆきは、登校初日、遅刻しそうになって急いでいると、空飛ぶ不思議な絵本に遭遇したのです。絵本の中から現れたのは、キャンディという名の妖精でした。

キャンディはおとぎの国・メルヘンランドの使いで、世界を最悪の結末に変えようとするバッドエンド王国からメルヘンランドを救うため、伝説の戦士プリキュアを探しに地球にやってきたというのです。

そこへバッドエンド王国の幹部の一人、ウルフルンが現れました。バッドエンド王国の目的は、人々の心を絶望に染めてバッドエナジーを集め、その力で、封印されている悪の皇帝ピエーロを復活させることです。そのために、メルヘンランドから奪った幸せの力の源・キュアデコルを変化させた赤っ鼻を使って怪物のアカンベェを生み出し、暴れ始めました。

キャンディを救うため、勇気を振り絞《しぼ》ったみゆきは、伝説の戦士プリキュアに変身しました。みゆきこそがキャンディの探し求めるプリキュアの一人、キュアハッピーだったのです。見事アカンベェを倒すことに成功したみゆきは、キャンディとともに仲間の四人のプリキュアを探し出しました。

いつも明るい太陽サンサンのキュアサニーこと、日野《ひの》あかね。

絵を描くのが上手でヒーローが大好きなキュアピースこと、黄瀬《きせ》やよい。

女子サッカー部のエースでいつも直球勝負のキュアマーチこと、緑川《みどりかわ》なお。

生徒会副会長で才色兼備《さいしょくけんび》のキュアビューティこと、青木《あおき》れいか。

同じクラスの五人は、力を合わせてバッドエンド王国の幹部、ウルフルン、アカオーニ、マジョリーナと、彼らが次々と生み出すアカンベェに立ち向かいました。アカンベェを生み出す赤っ鼻を浄化《じょうか》して、キュアデコルを全て取り戻せば、こちらも封印されているメルヘンランドの女王・ロイヤルクイーンを復活させ、メルヘンランドを救うことができるというのです。


五人の秘密基地は、世界中のメルヘンが集められた「ふしぎ図書館」という異空間です。ふしぎ図書館の本棚は、世界中の本棚とつながっていて、みゆきたちは行きたいと心に思い描いたところへワープすることができます。

力を合わせてさまざまな苦難を乗り越えた五人が、全てのキュアデコルを集めた時、遂にバッドエンド王国の幹部のリーダー、ジョーカーが現れました。ジョーカーはキャンディを連れ去り、せっかく集めたキュアデコルも一つを除いて全て奪い去ってしまったのです。

五人のプリキュアは、キャンディのお兄ちゃん・ポップとともにバッドエンド王国へと向かい、幹部たちとの戦いの末にキャンディとキュアデコルを取り戻すと、新たな姿「プリンセスフォーム」に変身し、復活したピエーロを撃退することに成功しました。

ところが、キュアデコルは全て揃《そろ》ったのに、ロイヤルクイーンは眠りから覚めません。それは、ロイヤルクイーンが、五人のプリキュアにプリンセスフォームになる力を授《さず》けるのに精一杯だったからでした。

新たなキュアデコルを手に入れるため、そして、ピエーロを完全復活させようとする悪の幹部たちの策略を阻止するため、五人のプリキュアは戦い続けました。

ある日、ピエーロの核が宇宙から飛来し、バッドエンド王国との最終決戦が始まりました。ウルフルン、アカオーニ、マジョリーナとの直接対決の果てに、プリキュアたちの優しさに触れた三幹部は浄化されて妖精の姿に戻りました。何と三幹部は、もとはメルヘンランドの妖精だったのです。

さらに、悪のプリキュアことバッドエンドプリキュアとの戦いを乗り越えた五人は、ジョーカーを取り込んで完全復活した巨大なピエーロに挑みました。

しかし、ピエーロの力は強大です。倒すために必要な最後の力を使えば、五人はキャンディやポップと別れなくてはなりません。それでもメルヘンランドと地球を救うため、五人は全力で立ち向かいました。実はキャンディも、ロイヤルキャンディとなってプリキュアたちに力を貸しました。実はキャンディの正体は、メルヘンランドの次期女王だったのです。

こうしてピエーロは消え、メルヘンランドに平和が戻り、妖精たちはみな仲良く暮らしましたとさ。

平和の戻った世界で、みゆき、あかね、やよい、なお、れいかも、それぞれの物語を歩み始めました。キラキラ輝く未来へ向かって……。

何とそこへ離れ離れになったはずのキャンディが現れました。お星様にたくさんお願いをしたら、またみゆきたちのもとへ来られるようになったというのです。

こうしてみゆきたちの新たな物語が幕を開けました。五つの光が導く未来には、果たしてどんな輝かしい世界が待ち受けているのでしょう。

＊　　＊　　＊

「ねえ、そのお話の続き、どうなるの？」

私は我に返り、絵本から顔を上げた。質問してくれたのは、よしみちゃんだ。会社帰りのサラリーマンや下校途中の高校生などが立ち寄り、急に店内が混雑し始める忙しい夕方の時間帯、彼女は時々ここに来て、私の拙《つたな》い朗読に聞き入ってくれる。お母さんが買い物をしている間、時間を潰しているのだ。

いや、時間を潰している、という表現は正しくない。よしみちゃんは大きな瞳をくりくりさせて、私の読んでいた絵本『最高のスマイル』を覗《のぞ》き込み、しっかりと耳を傾けてくれている。聞いている人なんて誰もいないと思っていた私は、嬉《うれ》しくなる。

「続きが気になるんだ？　よしみちゃんはどうなったと思う？　五人のプリキュアと、この世界の未来……」

「うーん、わかんない」

「続きはないの。お話はここで終わり」

「えー。続き、気になるのにー」

よしみちゃんは不満そうに頬を膨らませる。無理もない。彼女はもう何度もここに足を運んでいて、この絵本の続きがあるに違いないと信じていたのだろう。

私はよしみちゃんを諭すように、澄《す》んだ瞳をじっと見つめる。

「でも、プリキュアは今もどこかで戦っているのかもしれないよ。この世界のどこかで、私たちのために……」

「ホント⁉」

よしみちゃんのくりくりとした瞳がますます大きくなる。

「おねえちゃん、何でそんなこと知ってるの？　もしかして、プリキュアに会ったことあるの？」

その質問を待っていましたとばかりに、私はよしみちゃんに顔を近付ける。そして、胸につけたネームプレートを見せた。そこにはこうある。『七色ヶ丘駅前書店　星空みゆき』。

「み・ゆ・き……」

名前を読み上げたよしみちゃんが、目を丸くして私の顔をまじまじと見つめる。まるでサンタクロースに出逢《であ》った子供みたいに、驚きと感動で言葉が出てこないようだ。

「おねえちゃんなの？　このお話の主人公、星空みゆきって……。おねえちゃん、キュアハッピーなの？」

「誰にも内緒だからね」

口元に指を添えていたずらっぽく微笑《ほほえ》むと、よしみちゃんは口をぎゅっと閉じて頷《うなず》いた。

「わかった。あたしたちだけの秘密！」

よしみちゃんの純粋無垢《じゅんすいむく》な笑顔を見て、私も心が救われる。こんな子供たちの笑顔を目の当たりにすると、書店員の仕事の苦労もほんの少しだけ忘れることができる。

ところが、その時、私たちの秘密の話を妨害する闖入者《ちんにゅうしゃ》が現れた。

「ウソつけ。プリキュアなんてこの世にいるわけねーじゃん」

いつからそこにいたのか、よしみちゃんと同じ幼稚園とおぼしき男の子が、意地悪な笑みを浮かべて立っていた。以前も一度、この書店で見かけたことがある。友達の読もうとしていた絵本を横取りして泣かせてしまった男の子だ。

絶句するよしみちゃんにはおかまいなしに、男の子は続ける。

「そんな絵本、ただの作り話だっつーの。オレ、知ってんだもんね。幼稚園でやってるお遊戯会の劇と一緒。モーソーだよ、モーソー」

幼いのによく妄想なんて難しい言葉を知っているなぁ。その点だけは素直に驚嘆《きょうたん》に値する。しかし、よしみちゃんに対する態度はいただけない。

「こら、そんな言い方よくないよ。君がいつか絶望して困ってる時に、プリキュアが助けに来てくれるかもしれないのに。そんな意地悪なこと言ってる子のところには、助けに来てくれないよ」

「ウソだー。プリキュアがいつ助けに来るんだよー」

「えーっと……いつかきっと……」

「何月何日何時何分、地球が何回まわったら？」

えーい、ホント面倒くさい男の子だなぁ。

「ウソなんかじゃないもん！」

よしみちゃんが痺《しび》れを切らして叫んだ。店内にいたお客さんたちも驚いてこちらを振り向く。

「だって、このおねえちゃんはキュアハッピーなんだよ！　ねー？　おねえちゃん！」

あちゃー。よしみちゃん、それは私たちだけの秘密だって約束したばかりなのに……。

男の子はまじまじと私の顔を見る。何だか嫌な予感がする。

「へえー、おねえちゃん、プリキュアなんだ？　ホントにプリキュアなら、変身してみせろよ。ほら、早く！」

あれ？　いつの間にか店内の視線が私に集中している気がする。こうなると弁解するしかない。

「えへっ、悪者が現れないと変身できないよ」

私は舌を出して微笑してみせたけど、男の子はなおも食い下がる。

「ほら、やっぱりウソだったんだ！　大人になってもそんなモーソー信じてるなんて、ホントお子ちゃまだよなー」

その時、「よしみ！」という女性の声が聞こえ、私は顔を上げた。買い物を終えたよしみちゃんのお母さんが笑顔でやってくる。

「ママ！」

よしみちゃんは笑顔で母親のもとへ駆けて行くと、こちらを振り向いた。

「おねえちゃん！　バイバイ！　また明日ね！」

私も笑顔で手を振る。よしみちゃんは母親と手をつなぎ、店を出て行った。あの調子では、きっと明日もこの「ふれあいキッズひろば」にやってきて、私の朗読を聞いてくれるに違いない。

視線を戻すと、例の男の子も母親に首根っこを摑《つか》まれ、去って行くところだった。母親に引っ張られながらも、顔はしっかり私の方を向いていて、「べえー」と舌を出している。私は苦笑しながらも、男の子に手を振ってやった。憎たらしい男の子だけど、お客さんはお客さんだ。またこの店に来てくれたらいいな……。

ため息をつき、「ふれあいキッズひろば」を見つめる。子供たちが去ってしまい、カーペットの上は閑散としていた。私は散らかった本を片付けながら、その一冊一冊の表紙を見つめ、思わず笑みを漏《も》らす。たくさんのおとぎ話やファンタジーには、どれも私の大好きなハッピーエンドが描かれている。

私の名前は星空みゆき。二十四歳。子供の頃から絵本や物語が大好きだった私は、二年ほど前から、この七色ヶ丘駅前書店にアルバイトとして勤務している。根っからの絵本好きを店長に猛アピールして、児童書コーナーの担当に回してもらい、時間さえあれば「ふれあいキッズひろば」で子供たちに絵本を朗読している。

素敵な仕事？　うん、私もそう思う。けど、実は店に依頼された仕事じゃないし、誰かに感謝されることも滅多《めった》にない。いわばボランティアみたいなもの。だけど、私にとって至福の時間であり、今日みたいに絵本に興味を持ってくれる子が現れると、自分の幼い頃を思い出して嬉しくなる。

今日声を掛けてくれたよしみちゃんは、まるで昔の私みたいだった。何度もここへ来ているのに、今日初めて自分から話しかけてくれた。きっと絵本の続きが気になって、気になって、勇気を振り絞って一歩を踏み出してくれたに違いない。

私も小さい頃は人見知りで、自分から誰かに話しかけることなんてできなかった。だから、よしみちゃんの気持ちはよくわかる。

一人でも多くの子供たちに、絵本や物語を好きになって欲しい。そして、ファンタジーの持つ可能性を感じて欲しい。どんなにつらい現実が待ち受けていても、信じていれば、いつかウルトラハッピーな未来が……。

「星空さん！」

店長の呼ぶ声に、私は我に返った。

中年の女性店長は、マンガの中に出てくる教頭先生みたいに気難しい顔をしていて、レジの横で私をにらんでいる。実際、店員のみんなから「教頭先生」というあだ名で呼ばれ、店長の前を通る時は誰もが背筋を伸ばしてしまうのだ。もちろん私も例外ではない。

私は「はい！」と指名された中学生のように立ち上がると、早足で店長のもとへと向かった。レジの横にあるミーティングルームへ入ると、店長はひと言、

「座りなさい」

そう言うと、テーブルを挟んだ向かいに座るように促した。店長の眼鏡《めがね》の奥にある目が、不気味に光っている。さあ、始まるぞ。いつものお説教が……。

「星空さん、先ほど何をしていたのか言ってみなさい」

「えーっと、『ふれあいキッズひろば』で子供たちとのふれあいを……」

「具体的に何をしていたのかと聞いているんです」

「絵本を朗読していました！　お子さんたちが一人でも多く絵本を好きになってくれるように……」

「それは構いません。本の魅力を、未来を担う子供たちに伝える……。大変素晴らしいことです。あなたが自ら志願した活動ですし、通常の書店員としての仕事をきちんと全うしながらであれば、許可すると言いましたね？」

「はい！　ありがとうございます。おかげさまで『ふれあいキッズひろば』は盛況……と

までいきませんが、時々子供たちが立ち寄って、絵本を手に取ってくれるようになりました。これも店長のご理解あってのことで……」

「ただし、書店員の仕事をきちんと全うする……その約束をあなたは忘れていませんか？」

店長の表情がどんどん険しくなっていく。ああ、これはマズいパターンだ。

「児童書の売り上げは伸びるどころか落ち続けています。あなたがもう何ヵ月もボランティアで朗読を続けているにもかかわらず……」

「すみません。もっと頑張ります。だから……」

「問題はあなたの頑張りではありません。あなた、いつもどんな本を朗読しているのかしら？」

「どんな本、と言いますと……？」

私は手にしていた『最高のスマイル』の絵本を膝の上で弄ぶ。

「売り物ではない絵本を朗読している。違いますか？」

私は観念したように、『最高のスマイル』をテーブルの上に出して見せた。店長の表情がいっそう険しくなる。

「これは何ですか？」

「えっと、『最高のスマイル』という絵本です」

「これは売り物ではありませんね？」

「……はい。でも、とてもいい絵本で、子供たちに物語の素晴らしさを知ってもらう良い機会になればいいなって……」

「星空さん、その絵本のことは以前にも聞いたことがあるわ。あなたにとって大切な本だってことも理解しています。あなたが中学生の頃に自分で描いて作った想《おも》い出の絵本……だったわね？」

「はい……」

そう、この絵本は私の手作りだ。絵も、文章も、中学生だった私が自分で創作したものだ。この世に一冊しか存在しない、私だけの絵本。だから主人公の名前は、私と同じ星空みゆき。

「あなたがその絵本に強い思い入れがあるのはよくわかっています。その物語を子供たちに語り継ぎたいという想いも素晴らしいことです。しかし、ここは幼稚園でも児童館でもありません。七色ヶ丘駅前書店です。本を売るのがあなたの仕事です。関係のない活動は勤務時間外によそでやりなさい」

私に反論する余地を与えず、店長は間髪入れずまくしたてる。

「だいたいあなたは仕事が雑なんです。もう二年も働いているのに、レジ打ちもろくにできないなんて……。それに遅刻も目立ちます。歴史ある七色ヶ丘駅前書店の店員であるという誇りと自覚を持ちなさい」

「……はい」

どんよりした気分で児童書コーナーに戻った私は、『最高のスマイル』を「ふれあいキッズひろば」の椅子に置くと、書棚の整理を始めた。まだ耳には店長のお説教がこびりついている。店長の話はもっともだし、自分のやっていることが書店員の仕事の範疇《はんちゅう》からはみ出していることも理解している。こういうお説教を食らうのも、今日が初めてというわけではない。

けれど、私にとってこの絵本は特別な存在なのだ。『最高のスマイル』は、私の人生を切り開いた大切な本。今の私がいるのは、この絵本が存在するからだと言っても過言ではない。なぜなら……なぜならば……。

……あれ？

私は書棚の整理を中断し、「ふれあいキッズコーナー」に置きっぱなしの『最高のスマイル』を見つめた。表紙には、拙い絵で描かれた五人のプリキュアの姿がある。

ファンタジーには無限の可能性がある。私はこの絵本を創作することで、苦しい時、哀《かな》しい時、自分を励ましてどんな困難も乗り越えてきた。ファンタジーは、自分を救う最大の力。『最高のスマイル』に救われたのは、他でもない、中学時代の私自身なのだ。だから大人になった今も、この絵本を書店で朗読することで、子供たちの心を救いたいと努めている。中学生の頃、私自身が救われたように……。

だけど……どうしてだろう？　私、どうしてこの絵本を描こうとしたんだっけ？　どうやって『最高のスマイル』の絵本を創作したんだっけ？

まるで見えない闇に心を覆《おお》われてしまったように、思い出すことができない。いや、思い出すことができないのではなく、初めから私の中学校時代に、特筆すべきことは何もなかったのだろうか。ただ、鬱屈した日常を打破するために、こんな絵本を思いついたのだろうか。

「星空さん、ぼーっとしてないで手を動かしなさい」

店長の忠告の声で我に返った私は、すぐに書棚の整理を再開した。ただ心の底に漠然とした不安だけが残っていた。

帰り仕度をして、書店の裏口にある職員専用出入り口を出る。夜の帳《とばり》が下り、空を暗雲が覆っていた。

「みゆき、お疲れさん」

その声に振り返ると、書店の裏にある電柱の灯《あか》りの下に背広姿の男の人が立っていた。

「お父さん！」

若作りだけど白髪が交ざり始めた髪、丸縁の眼鏡、柔和《にゅうわ》な笑顔。私のお父さん、星空博司《ひろし》はどうやらここで娘の仕事の終わりを待っていたらしい。

「お父さんったら、どうして？」

「たまたま雑誌の売れ行きを確認しに寄ってみたのさ。店長さん、みゆきがすごく頑張ってるって言ってたぞ」

「もー、来たのなら声掛けてくれればいいのにー」

「ハハハ、ごめんごめん。みゆきの仕事の邪魔をしちゃいけないと思ってね」

お父さんったら、嘘《うそ》が下手なんだから……。店長にはさっきこっぴどく怒られたばっかりだ。それに、雑誌の棚は視界に入っていたけど、お父さんの姿は見えなかった。

私は内心苦笑しながらお父さんとともに帰途についた。お父さんは出版社で雑誌の編集者をしている。今日に限らず、時々仕事だと言って七色ヶ丘駅前書店へ立ち寄り、仕事中の私の様子を見に来る。いくら可愛《かわい》い娘とは言え、職場にまで頻繁《ひんぱん》に顔を出すなんて、心配性にも程がある。

「そうそう、みゆき、例の絵本の件なんだけど、児童書の編集部に掛け合ってみたんだ」

「お父さん、お願いしてくれたの⁉」

例の絵本というのは他でもない、私の描いた『最高のスマイル』のことだ。この絵本をもっと多くの子供たちに読んで欲しい。そう考えて、お父さんの出版社の児童書として出版できないかどうか、以前から打診していたのだ。

「それで?」

「うん……残念だけど、出版するのは難しいと言われちゃってね」

「そっか……」

「お父さんはとても素晴らしい絵本だと思うんだよ。みゆきの前向きでピュアな心がよく表現されていると思うし、実際に子供たちの手に渡ったら、日本中、いや、世界中の子供たちの心を虜にできると思う。今回は無理だったけど、きっと気に入ってくれる出版社や編集者はいるんじゃないかな。いずれ出版された暁には、アニメ化されたり、映画化されたり……夢は尽きないなぁ」

「お父さん、ありがとう」

お父さんは嘘が苦手だから、きっと心からこの絵本を気に入ってくれているのだろう。可愛い娘のために、わざわざ別部署の編集者に掛け合ってくれたのだろう。けれど、素人が中学校時代に描いた絵本をわざわざ刊行してくれるほど、出版社に余裕があるはずはない。

「近年は出版不況の時代になってきていてね、どこの出版社も資金繰《ぐ》りが大変なんだ。子供も大人も、昔に比べて活字離れが進んで、本を読まなくなってきている。現実にあくせくしすぎて、空想の物語を楽しむ心のゆとりが減ってきている。これは大変由々しき事態だと思うんだ……」

私はお父さんの話を上の空で聞きながら、ぼんやりと空を見上げる。このところ天候が優れず、夜空を見上げてもあまり星を見ることができない。いや、天候のせいだけではないだろう。近年、この七色ヶ丘駅前は開発が進み、新しいショッピングモールやスーパー、パチンコ店などが次々とオープンしている。引っ越してきた頃は夜空にもっとたくさんの星が見えたのに……。

まるで人生と同じだ。人は大人になるにつれて、たくさんのものを見失っていく。子供の頃に抱いていた夢とか、理想とか、想い出とか。

「みゆきはちっちゃい頃から絵本やファンタジーが大好きだったよな」

お父さんの言葉に私は顔を上げた。

「うん、お父さんがたくさん絵本を買ってきてくれたお陰だよ。お母さんも毎晩私が寝る前にお布団《ふとん》の中で読んでくれたよね」

「覚えてるかい？　みゆきの初恋の相手はピーター・パンだったな」

「もー、そんな昔の話やめてよ」

子供の頃は、ネバーランドが本当にこの世のどこかに存在するのだと信じて疑わなかった。ピーター・パンもティンカー・ベルも実在して、いつか私を迎えに来てくれるに違いないと思っていた。あの時の『ピーター・パン』の絵本は、今でも私の部屋の書棚にある。けれど、現実の世界にネバーランドは存在しないし、ピーター・パンは現れない。もちろんプリキュアも……。

今はただの書店員として働いている私だけど、すっかり夢をあきらめたわけじゃない。高校時代に図書委員をしていた私は、童話作家になりたいという夢を叶えるため、専門学校のノベルコースに進学した。たくさんの本を貪るように読んだし、幼稚園や小学校に朗読のボランティアに行ったこともある。創作活動にも励んで、在学中、何本もオリジナルの童話を執筆した。そのうちの一作、『スマイルちゃんの秘密』が、「東堂《とうどう》いづみ童話大賞」に佳作入選したこともある。

佳作とは言え、私の名前と作品名が雑誌やウェブサイトに掲載されて、お父さんもお母さんも盛大にお祝いしてくれた。田舎で独り暮らしをしているおばあちゃんも、わざわざお祝いに駆けつけてくれたくらいだ。友人たちも入選を喜んでくれた。あの時は本当に嬉しくて、夢を見ているような気分だった。このままあちこちの出版社から声が掛かって、私は童話作家としてウルトラハッピーな人生を歩んでいくに違いないと信じていた。

でも、たった一度、佳作を獲《と》ったくらいで作家への道が開かれるほど世の中甘くはない。専門学校を卒業後、いつしか私は現実の生活にあくせく追い立てられて、童話を書く時間がなくなっていった。空想の物語の力を信じられなくなっていった。せめてもの抵抗は、今働いている七色ヶ丘駅前書店で『最高のスマイル』の絵本の朗読をしていることくらいだ。

「あら、みゆき。お父さんも一緒だったの？」

その声に振り向くと、買い物袋を提げたお母さんがスーパーから出てきたところだった。私のお母さん、星空育代《いくよ》は専業主婦をしている。

「お母さん！　今日のお夕飯なぁに？」

「今夜はお鍋よ。おばあちゃんから新鮮なお野菜がたっぷり届いたの。お電話したら、みゆきにもよろしくって」

「へえ、おばあちゃん元気そうだった？」

「ええ。今度の夏休み、また遊びに来てねって」

「やったぁ。行く行く！」

私たち三人は自宅への道を進んだ。あちこちの家から、夕ご飯のいい匂いが漂ってきて、私の鼻孔をくすぐる。ああ、夕ご飯の匂いって、何て幸せな気分になるんだろう。

「みゆき、何だか最近疲れてるみたいだけど、大丈夫？　アルバイト、大変なんじゃない？」

お母さんが私の顔を心配そうに覗き込む。

「ううん、そんなことないよ」

「ならいいけど……みゆきは頑張り屋さんなんだから、何かあったらお母さんに相談するのよ」

「は〜い」

お母さんはいつだってドジな私を笑顔で励ましてくれる。落ち込んでいる時、悩んでいる時は、私が言葉にする前に気持ちを察してくれるし、優しい言葉で気遣《きづか》ってくれる。私もそんなお母さんみたいな素敵な大人の女性になれるだろうか。これから先の人生、いつもお母さんみたいに笑顔で過ごせるだろうか。

私はバッグから覗いている『最高のスマイル』の絵本を一瞥《いちべつ》する。

きっと私の未来は光り輝いている。子供の頃はそんなふうに信じていた。私もプリキュアみたいに、世界をバッドエンドの未来から救うことができればいいのに……。絵本の中の星空みゆきみたいに、いつも笑顔で頑張れたらいいのに……。


どんな物語にも、始まりと終わりがある。永遠に続く物語なんてない。それは、現実の世界も、人生も同じだ。永遠不滅のものなんてない。

翌日、七色ヶ丘駅前書店に少し遅刻して出社すると、店員たちがミーティングルームで何やら沈んだ表情で座っていた。

時間は開店前の朝九時。毎朝定例のミーティングを行う予定の時間に、私は数分遅刻して滑り込む。前の晩、久しぶりにまた童話を書いてみようと思い立って、アイデアをあれこれ練っていた私は、すっかり夜更かししてしまい、朝寝坊してしまった。お母さんに起こしてもらうなんて、中学生の頃と何も変わっていない。

ミーティングルームの中に、店員は全部で五人。「教頭先生」こと店長とともに、テーブルを囲んで着席している。

「みなさん、おはようございます！　すみません、また遅刻しちゃいました！　今日も元気に頑張りましょう……」

元気よく挨拶《あいさつ》したものの、みんな私の言葉など聞こえていないという表情で微動だにしない。あれれ？　これはただ事ではない。何しろあの口うるさい店長が、私が遅刻したというのに銅像のように微塵《みじん》も動かず、座っているのだ。

「星空さん！　あなた、今日で今月何度目の遅刻ですか？　七色ヶ丘駅前書店の店員としての自覚を持ちなさい！」

いつもだったらそんなふうに怒られるはずだ。それなのに、店長ったら私のことなんか眼中にないみたいだ。何やらみんなで深刻な話し合いの最中らしい。

「あのー、何かありましたか？」

おそるおそる訊《たず》ねると、店長が眼鏡の奥の目を光らせ、私を見上げた。

「星空さん、座りなさい」

その声に私はぞっとする。不気味なほど静かで感情がこもっていない。今まで数えきれないほど店長に怒られてきたけど、こんな冷徹な店長は初めて見た。まるで魂を抜かれてしまったみたいだ。これは何か重大事件に違いない。私、何か店長やみんなを怒らせるようなことをしただろうか？

静まり返った店員のみんなの顔を見回しながら、着席した。

「もしかして、『ふれあいキッズひろば』で私がやってる絵本の朗読、何か問題になってますか？」

店長はぴくりとも動かない。どうやら違うみたいで、私はひと安心する。

「ああ⁉ 私が先週、入力をミスしたせいで、トラブルになってるとか。ほら、『ミラクルピース』四十一巻の入荷数、ゼロ一つ多くしちゃいまして……」

店長は反応しない。これも違うようだ。

「だったら、このあいだ雑誌コーナーでずっと立ち読みしている女子高生を注意したら、『ふざけんな、オバさん』って因縁つけられましたけど、その子がまた苦情を言いに来たとか……？」

店長どころか、店員のみんなも、私の言葉に全く反応しない。どうやら事態はもっと深刻らしい。

「星空さん、急なお知らせなので、驚かれると思いますが、冷静に聞いて下さい」

店長が私の方を見て、まるで病名を宣告する医師みたいな物々しい表情で言った。

「この七色ヶ丘駅前書店は、来月いっぱいで閉店します」

その日は一日、書棚の整理をしていても、「ふれあいキッズひろば」で絵本の朗読をしていても、全く仕事に集中できなかった。突然の閉店宣告は、店員たちの心を動揺させた。今日は誰もが仕事ぶりに覇気がない。「いらっしゃいませ」「またお越し下さい」の声も消え入りそうだ。

私がアルバイトながら、もう二年も勤務しているこの書店は、これからもずっとこの場所で、七色ヶ丘の人々の憩いの場として存在し続けるものだと思っていた。私は来年も再来年も、児童書のコーナーを担当し、「ふれあいキッズひろば」で子供たちと交流していくのだと信じていた。けれど、どんなものにも始まりと終わりがある。

近年、七色ヶ丘駅前には、大手の書店や映画館、飲食店などが連なる巨大ショッピングモールが完成した。古くから軒を連ねる駅前の商店からは次第に客足が遠のき、苦境に立たされている。つい先月も、長年親しまれてきたレトロな喫茶店が閉店に追い込まれたばかりだ。

だけど、子供の頃からずっとここにあって、今、毎日勤務している七色ヶ丘駅前書店が、ある日突然なくなってしまうなんて、私は考えたこともなかった。

「今までよく持った方だと思うよ。駅前の好立地でさ、しかも児童書のコーナーがこんなに充実していて、『ふれあいキッズひろば』まである。恵まれたお店だったよね」

ある年配の店員は、ため息をつきながらこんなふうに語った。まるでもうすでに閉店してしまったかのような言い方だった。

私は一日ぼんやりと書棚の整理をしていたけど、夕方になり、昨夜のお母さんの笑顔を思い出した。こんな時、お母さんなら優しい言葉で私を励ましてくれるだろう。落ち込んでいたって始まらない。少なくとも来月いっぱいはこの書店はここにあるのだ。私は最後までここの書店員として精一杯働かなければならない。

私は「ふれあいキッズひろば」に置いてある『最高のスマイル』の絵本を見つめる。いつも通りなら、もうすぐよしみちゃんがやってくる時間だ。よし、今日もとびきりの笑顔でよしみちゃんを迎えてあげよう。私も『最高のスマイル』の中の星空みゆきみたいに、こんな時こそ笑顔で頑張り抜こう。その笑顔が、たくさんの人たちに波及していくに違いない。

案の定、昨日と同じ時間に、よしみちゃんはお母さんと一緒に児童書のコーナーにやってきた。

「お買い物してくるから、待っててね」

よしみちゃんのお母さんはそう言うと、足早に店を出て行く。

「みゆきおねえちゃん、こんにちは！」

よしみちゃんは私に気付くと、大きな声で挨拶する。私も負けじと笑顔で答える。

「よしみちゃん、こんにちは。今日は何を読もうか？」

「もちろん『最高のスマイル』！」

「よーし、よしみちゃんのために、今日はいつもより気合入れて読んじゃうよ。気合だ、気合だーっ」

私は自分を奮《ふる》い立たせて、『最高のスマイル』を開く。その言動が可笑《おか》しかったのか、よしみちゃんはクスッと笑って、私の前にちょこんと座った。

私の朗読する『最高のスマイル』の物語に、今日もよしみちゃんは目をキラキラさせながら聞き入っている。

ああ、良かった。よしみちゃんの笑顔を見られただけで、私は救われた気分になる。どん底ハッピーだった私の心に、ひと筋の光が差し込んだようだ。もう何度も聞いていて知っている物語なのに、よしみちゃんは食い入るような表情で一喜一憂する。

『最高のスマイル』を読み終え、よしみちゃんと談笑していると、買い物を終えたお母さんが店に戻ってきた。よしみちゃんは立ち上がり、私を振り返る。

「みゆきおねえちゃん……明日も来ていい？」

「もちろん！　おねえちゃん、いつでもよしみちゃんのこと、待ってるよ」

よしみちゃんはパッと笑顔になる。

「ホント？　約束だよ！」

「うん。約束……」

「あたしね、この本屋さんも、みゆきおねえちゃんも大好き」

その言葉と笑顔に、私は一瞬言葉を失う。

「そっか……おねえちゃん嬉しいな。また明日ね」

よしみちゃんは満面の笑みを浮かべる。

すると、よしみちゃんのお母さんが会釈《えしゃく》をしながらこちらへ歩いてきた。すらりとした三十歳前後の美人で、少しやつれた表情をしている。きっとよしみちゃんが幼稚園に行っている間、働いているに違いない。

「いつもよしみがお世話になっています」

「いいえ、こちらこそ、いつも来て下さって私も嬉しいです」

今まで姿を見たことはあったけど、よしみちゃんのお母さんと話すのは初めてだった。

「この子ったら、家に帰ってからも私や夫に話して聞かせるんですよ。『最高のスマイル』の絵本のこと……。よっぽど気に入ってるみたいで」

「それは光栄です」

お母さんは、書棚の絵本を見ているよしみちゃんを見つめ、微笑する。

「正直、驚いたんです。よしみがここであなたとお話ししていること」

「……どういうことですか？」

「よしみは人見知りな性格なので、幼稚園では自分からお友達や先生に話しかけることができないんです。いつも笑顔もなく、一人きりで絵本を読んでいることが多いみたいで……」

昨日、よしみちゃんは自分から私に話しかけてくれた。やはり勇気を振り絞った末の行為だったのだろう。

「よほどその絵本とあなたのことが気に入ったんだと思います。昨日は家に帰ってからも、あなたのことを話してくれたんですけど、これ以上ないくらい、とびきりの笑顔でした。その絵本が魅力的だからなのかしら。もちろんあなた自身も……」

私は赤面して後ずさりする。

「いえいえ！　私なんて、そんな大した店員じゃ……。いつも失敗ばっかりして店長に怒られてますし、今朝だって寝坊して遅刻しちゃいまして……」

ちょうど児童書のコーナーの前を通りかかった店長が、眼鏡の奥の目を光らせてこちらを見たので、私は口をつぐんだ。よしみちゃんのお母さんはクスッと笑う。

「とにかく、あなたには心から感謝してるんですよ。それじゃあお邪魔しました。またお世話になりますね」

一礼するよしみちゃんのお母さんにつられて、私も頭を下げる。

「おねえちゃん、バイバーイ！」

よしみちゃんは手を振りながら、お母さんとともに帰って行く。

私は複雑な想いを胸に、笑顔で手を振り返す。

よしみちゃんの笑顔を見ると、とてもじゃないけど真実を告げることはできない。来月いっぱいでこの書店も、「ふれあいキッズひろば」もなくなってしまうなんて……。とびきりの笑顔の先に、残酷な現実が待っているなんて……。


「店長、少しだけお時間いただけないでしょうか」

その日の夜、仕事を終えた私は、ミーティングルームで店長を呼び止めた。まだ雑務が残っているらしく、店長は疲れた様子で眼鏡の奥の目を瞬《しばたた》かせながら私を見た。

「何ですか？　今朝の遅刻の言い訳なら聞きませんよ」

「違います。この本屋さんのこと、これからのこと……真剣に考えた末のお願いです。聞いていただけませんか？」

私の熱意を感じ取ったのか、店長は気怠《けだる》いため息をついて着席した。私もテーブルを挟んで店長と向き合って座る。

「来月閉店の話、もう決定なんでしょうか？」

「今朝そう言ったはずですよ。お店を存続させることはできません。残念ですが……」

「ここの書店がなくなっても、何とか別の形で続けることはできないでしょうか？」

「別の形で？」

「はい！　私、調べてみたんですけど、ひと口に本屋さんっていっても、いろいろなタイプがあることがわかったんです。たとえば、最近ブックカフェって増えてきているの、ご存知ですか？　喫茶店と本屋さんが一緒になったお店で、お茶やコーヒーなんかを飲みながらゆっくり読書できちゃうんですよ。どこかのカフェとコラボすれば、この本屋さんだって形を変えて存続できるかも……」

「ブックカフェなら私も知っています。素晴らしいスタイルだと思いますよ」

「じゃあ……」

けれど、店長は容赦《ようしゃ》なく私の言葉を遮《さえぎ》る。

「この土地は売却されることが決定しているんです。辺り一帯、区画整理の対象区域に指定されています。跡地には新たなショッピングモールが建設されるそうです。もしもあなたの言うブックカフェが実現するとしても、この場所では不可能でしょう。新たな立地と、コラボするカフェをあなたが見つけ、開店までの準備資金をあなたが調達できると言うんですか？」

私はぐうの音も出ない。が、このまま引き下がるわけにはいかない。

「それが無理なら、他にもあります。移動式本屋さんというのはどうでしょう？　トラックに本棚を載せて、公園とかイベントとかに出張して出店するんです。その時ごとに本のラインナップを変えたり、街ごとにお客さんとの新しい出逢いがあったり、何だか素敵だと思いませんか？」

「星空さん」

店長の沈痛な声に、私は言葉を飲み込む。

「閉店は私自身が決断したことなの。私はね、もう二十年以上店長を務めてきました。誰よりもこの書店を愛しているし、閉店の件は誰よりも悔しいって感じてるつもりよ」

「それじゃあどうして……。このまま終わりなんて寂しすぎます。毎日このお店へ来ることを楽しみにしている女の子がいるんです」

「最近『ふれあいキッズひろば』に来て、あなたの朗読を聞いている幼い女の子のことね？」

さすが店長、常連のお客さんのことはしっかりと把握《はあく》している。

私の脳裏に、よしみちゃんのキラキラした笑顔が甦《よみがえ》る。

「その女の子、幼稚園じゃお友達に話しかけることもできないのに、絵本を読んでいる私に、勇気を持って話しかけてくれたんです。彼女にとって、この七色ヶ丘駅前書店はかけがえのない場所なんだと思います。生まれて初めて、知らない人に心を開いた大事な場所なんです。その場所をなくしてしまうなんて、そんな残酷なこと……」

その時、私は気付いた。店長の瞳に微《かす》かに涙が光っている。

「星空さん、あなたの気持ちはよくわかります。このお店を愛して通い続けてくれているお客様を、私も何人も知っているわ。その顔を一人一人思い浮かべると、胸が張り裂けそうになるの」

「だったら……」

「でもね、その僅かなお客様のためだけにお店を続けていけるほど、現実は甘くないわ。私はこの書店を愛しているからこそ、この七色ヶ丘駅前書店の歴史にこのままピリオドを打ちたいの。奇跡でも起きない限り、この店が閉店を免れることはできない」

　そして、店長は言った。

「奇跡が起きるのは、物語の中だけなのよ」

　夜風が冷たかった。私は店長の言葉を心の中で反芻《はんすう》しながら帰途についていた。

　物語の中では奇跡が起きる。たとえば、女の子が朝寝坊して、パンをくわえて学校へ走る途中、曲がり角で見知らぬ男の子とぶつかる。お互い悪態をついたりして、最悪の印象を抱いたのもつかの間、教室に滑り込むと、朝のホームルームで転校生がやってくる。その転校生こそ、ついさっき曲がり角で鉢合わせした男の子で……というパターン。

　けれど、現実世界ではどうだろう。そういうドラマチックな奇跡に遭遇することは滅多にない。

今、私の目の前には商店街の曲がり角が見える。私は心なしか足を速めて、曲がり角へと向かう。あの角を曲がった瞬間、素敵な出逢いがあったりして……。

私は小走りになりながら思わず苦笑する。これって私の絵本『最高のスマイル』の、とあるシーンにそっくりだ。主人公のみゆきが転校初日に遅刻しそうになって曲がり角を曲がると、空から降ってきた絵本の中から妖精のキャンディが現れ、顔面にぶつかるのだ。

もちろん、そんなことが現実世界で起きるはずが……。

曲がり角へ飛び出した途端、私は誰かと激突して思わず尻餅をついた。まさか本当に誰かとぶつかるとは思わなかった私は、突然の出来事に呆気《あっけ》にとられて顔を上げる。

ぶつかったのは、もちろん妖精のキャンディではなく……私と同世代の女性だった。オレンジ色のパーカーを羽織り、手には買い物袋を持っている。たった今、商店街で買ってきたばかりとおぼしきキャベツが路上に転がっている。

「痛～っ。おねえさん、どこに目ぇつけとんねん」

その女性は関西弁でぼやきながら、転がったキャベツを袋に戻し、立ち上がった。

「ごめんなさい！　ついぼーっとしてて……」

私も立ち上がり、その人の顔をまじまじと見た。あれ？　この女性、どこかで……。

そして、二人同時に笑顔で叫ぶ。

「みゆき！」

「あかねちゃん！」

七色ヶ丘中学校時代の同級生、日野あかねちゃんだった。私より一年前に大阪から転校してきたあかねちゃんは、今、お父さんとお母さんの営むお好み焼き屋「あかね」を継いでいる。中学時代、同じく転校してきた私の緊張をほぐすため、ホームルームでジョークを言って和ませてくれたのも彼女だった。以来、大の仲良しになり、中学時代は何をするにもいつも一緒だった。

「あかねちゃん、元気そうだね！」

「おう、元気元気。太陽サンサンや！　って、もう夜やけどな！」

さすがあかねちゃん。オチの付け方が相変わらず冴《さ》えている。

「ったく、どうせみゆきのことやから、メルヘンな妄想でもしとったんやろ」

「えへへ、まあそんなところかな」

「みゆき、今、仕事何してるん？」

「駅前の本屋さんで働いてるんだ」

「駅前っちゅうことは、七色ヶ丘駅前書店か？」

「そう！」

「何や、全然知らんかった！　ウチ、店が忙しくてなかなか会いに行けんねん。今度遊びに行ったる。待っててや！」

キャベツを抱えて駆け出そうとしたあかねちゃんが、私の足元を見て大声を上げる。

「ああっ！　みゆきのおっちょこちょい！　大事なもん落としとるやないか！」

「え……？」

気がつくと、ぶつかった衝撃で『最高のスマイル』の絵本がバッグから落ちていた。

「いけない！　あかねちゃん、ありがとう！」

慌てて拾うと、あかねちゃんがすかさず絵本を手に取り、ページを開いた。

「まだ持ってたんか！　めっちゃ懐かしいなぁ、『最高のスマイル』……」

あかねちゃんは目を細めて絵本をめくる。

「あかねちゃん、覚えてるの？」

「当たり前やないか！　この絵本、みゆきの宝物みたいなもんやろ。中学の頃、どこ行くにも持ち歩いてたやないか。それにウチら五人が主人公のモデルやろ？」

「え……？　五人……？」

あかねちゃんが呆気にとられて目を丸くする。

「冗談キツいわ。みゆき、ウチ、やよい、なお、れいか。ウチら五人をモデルにその絵本を描いたんやろ？」

「あっ、そうでした……」

私は苦笑して頭をかく。

「みゆき！　忘れるなんて、どういう神経しとんのや」

全くだ。私ったら、どうして忘れてたんだろう。『最高のスマイル』に登場する五人のプリキュアのうちの一人、キュアサニーのモデルが日野あかねちゃん。名前と性格まで彼女からそのまま拝借した。

あかねちゃんだけじゃない。キュアピースのやよい、キュアマーチのなお、キュアビューティのれいかにも、モデルがいる。みんな七色ヶ丘中学で同級生だった大親友で、五人の友情をもとに私が描いた空想の物語、それが『最高のスマイル』だ。この絵本は、私たちの友情の証《あかし》と言ってもいい。

あかねちゃんは絵本のページをめくりながら目を輝かせる。

「めっちゃ懐かしいなぁ。みゆき、ほんまにメルヘンとかファンタジー、大好きやったもんなぁ。『最高のスマイル』なんて、中学生のみゆきがよう思いついたもんや」

刹那《せつな》、私は違和感に襲われた。

――私が思いついた……？　私、どうしてこの物語を思いついたんだっけ？　どうして同級生をモデルにしたんだっけ？　そもそもプリキュアって……。

「みゆき、最近他のみんなには会《お》うた？」

私は首を振る。

「仕事が忙しくて、全然……。やよいちゃんも、なおちゃんも、れいかちゃんも、みんな元気にしてるかなぁ」

五人で会いたい、と私は強く願った。仲良しだった五人が全員集まれば、きっとウルトラハッピーなことが起こりそうな気がする。

するとあかねちゃんは鼻先がくっつきそうなほど接近して、私の顔をじっと覗き込む。

「何や、そのどんよりした顔は！　さては何かあったな？」

「べ、別に何もないよ！」

「ははぁ〜、どうせみゆきのことやから、仕事でヘマして落ち込んどるんやろ。『ハップップ〜』とか言うて、ほっぺた膨らましてるんやろ。ウチにはわかるねん」

「違うってば〜！　……あっ、確かに今朝は遅刻しちゃったけど」

「やっぱりかい！」

バシッ！　とあかねちゃんが私の胸にツッコミを入れる。

「中学ん時と全然変わっとらんやないか。そないな景気悪い顔してるとハッピーが逃げるで。スマイル、スマイルや！」

あかねちゃんの笑顔につられて、いつしか私にも笑顔が戻っていた。

「あかねちゃん、ありがとう」

「あん？　何や、いきなり水臭い……」

「いろいろあって落ち込んでたんだ。けど、あかねちゃんのお陰で何だか元気が湧いてきたみたい」

あかねちゃんは大袈裟《おおげさ》にため息をついてみせる。

「はあ〜、相変わらず単純な性格やな。ほんまに昔のまんまや」

「あかねちゃん、ヒド〜い」

その時、あかねちゃんが素っ頓狂な声を上げた。

「あかん！　こんなところで立ち話してる場合とちゃう！　お客さん待たしとったんや！」

あかねちゃんは足踏みしながら、『最高のスマイル』の絵本を私に返す。

「今度ウチの店に食べに来てや！　同級生割引、親友割引、懐かしの再会割引……何でもええけど、とにかくサービスするで！」

「ほんと!?　行く行く！　絶対に行く！」

「ウチの作るお好み焼き、熱々でめっちゃ美味《うま》いから楽しみにしててや！　ほな、またな！」

あかねちゃんは駆け出すと、その姿があっという間に人波のむこうに消えた。

私は『最高のスマイル』をバッグに仕舞い、歩き出した。

あかねちゃん、全然変わってないなぁ。いつも太陽サンサン、みんなを明るく元気にする不思議なパワーを秘めている。中学時代の私も、何度彼女に助けられたかわからない。あかねちゃんは本当にキュアサニーみたいに輝いていた。

よし！　私も負けてられないぞ。

こんなタイミングで偶然あかねちゃんに再会するなんて、奇跡みたいなもんだ。奇跡が起きるのは、物語の中だけ……。店長はそう言っていたけど、こうして私の日常にも奇跡が起きることが証明された。閉店が決まった七色ヶ丘駅前書店にも、もしかしたら奇跡が起きるかもしれない。

何とか書店を存続させる方法を考え抜こう。よしみちゃんのためにも、書店を愛するお客さんのためにも……。たとえそれが不可能だったとしても、来月いっぱい、七色ヶ丘駅前書店の営業が続く限り、最後の一日まで書店員としての仕事を精一杯全うしよう。笑顔で一日一日を送れば、明るい未来が待っているに違いない。

翌日、私は書店で一日待っていたけど、よしみちゃんは現れなかった。よしみちゃんの笑顔が見られないのが寂しくて、私は書棚の整理をしながら、ついつい「ふれあいキッズひろば」の方を見た。しかし、翌日も、その翌々日も……よしみちゃんは現れなかった。

彼女に何かあったのだろうか。

店中に、来月いっぱいで閉店することを告げる貼り紙がされ、お客さんたちが驚いた表情で立ち止まり、見入っている。閉店を残念がって、「本当ですか？」と声を掛けてくれるお客さんもいた。そのたびに私は胸が痛んだ。

閉店が決まってから五日目の夕方、よしみちゃんのお母さんが店を訪れた。よしみちゃんも一緒だと思った私は、すぐさま笑顔で応対した。しかし、よしみちゃんの姿はなかった。お母さんは沈痛な面持ちで一礼する。

「お仕事中にすみません」

「いえ。あの、よしみちゃんは……？」

私が訊ねると、お母さんは事情を語ってくれた。よしみちゃんもお母さんから書店が閉店することを教えられ、ショックを受けたという。

「本屋さんがなくなっちゃう……『最高のスマイル』のおねえちゃんに会えなくなる……そう言って、泣き出してしまいまして……。あれから幼稚園でも家でも、ずっとふさぎ込んで一人で絵本を読んでいるんです。こんなこと、あなたにご相談するのは失礼だと思って今までお伝えしなかったんですが、私にはどうすることもできなくて……」

「そうだったんですか……」

今まで大好きだった場所がなくなってしまう。よしみちゃんのショックを思うと、私も胸が張り裂けそうになる。

私は迷わずお母さんに訊ねた。

「よしみちゃんに会わせていただけませんか？」

私は店長の許可を得て仕事を早めに切り上げると、よしみちゃんの家にお邪魔することにした。

よしみちゃんの家は、駅前からほど近い閑静な住宅街にあった。まるで絵本の世界から飛び出してきたようなお洒落《しゃれ》でこぢんまりした二階建ての借家に、仕事で忙しいお父さん、昼間はパートに出ているお母さん、一人っ子のよしみちゃんの三人で暮らしているという。その小さな家を見つめていると、昔、私が七色ヶ丘に引っ越してくる前に住んでいた家を思い出して懐かしくなった。

私は家に上がると、よしみちゃんがいる二階の子供部屋へ向かった。そして古風な木のドアをノックする。

「……よしみちゃん？　私だよ。本屋さんのおねえちゃんだよ」

返事はない。

「お母さんから、よしみちゃんの元気がないって聞いて、心配して来たんだ。ねえ、ちょっと開けてくれないかな？」

「……おねえちゃんのウソつき……」

ドアのむこうから微かな声が聞こえた。消え入りそうな声だけど、間違いなくよしみちゃんの声だ。おそらくドアの内側に背を向けて座り込んでいる。そう確信した。

「よしみちゃん……」

私の言葉を遮るように、よしみちゃんの声は続く。

「みゆきおねえちゃん、いつでもあたしのこと待ってるって約束してくれたのに……。おねえちゃんのこと、信じてたのに……。本屋さん、なくなっちゃうんでしょ？」

よしみちゃんは涙声だった。

私は努めて明るい声で答える。

「よしみちゃん、ごめんね。本屋さんがなくなること、ちゃんと言いだせなくて……。よしみちゃんの悲しむ顔を想像したら、伝えられなかったんだ」

よしみちゃんは沈黙する。

「私ね、嬉しかった。よしみちゃんがそんなにも本屋さんと『最高のスマイル』の絵本を好きになってくれたこと……。毎日のようにお店に通って、私に会いに来てくれたこと……。だから、そんなよしみちゃんに悲しんで欲しくないと思って、本屋さんを続けられないかどうか、店長さんにお話ししてみたの。私も本屋さんを続けたい。絵本とかファンタジーの楽しさを、もっとたくさんのみんなに知って欲しい。けどね、本屋さんがなくなっちゃうのは、もう決まったことなんだ。だからあのお店でよしみちゃんに会えるのは、来月の終わりまでなの」

ドアのむこうで、よしみちゃんが鼻をすする音が聞こえた。

「でもね、私、考えたんだ。たとえ本屋さんがなくなっても、『ふれあいキッズひろば』がなくなっても、『最高のスマイル』の物語は終わりじゃない。よしみちゃん次第で、これから先もずっと続いていくんだって……」

話の意味が理解できないのか、よしみちゃんは沈黙している。

「私、よしみちゃんの気持ちがとってもよくわかるの。今は本屋さんでいろんなお客さんたちとお話ししてるけど、おねえちゃんもちっちゃい頃は人見知りで、自分からお友達に話しかけることなんてできなかったんだ」

「みゆきおねえちゃんも……？」

驚きのあまり、よしみちゃんの声が裏返った。

「そう。だけど、ある夏の日に出逢った不思議な女の子が、私の運命を変えてくれたの」

私はその想い出をよしみちゃんに語って聞かせてあげた。


その夏、お父さんの仕事の都合で、私は少しの間おばあちゃんの家で過ごすことになった。家の中で一人きりで絵本を読んでばかりいた私を見かねて、おばあちゃんが私に手鏡をくれて、こう言ったのだ。

「みゆき、笑う門には福来ると言ってね、笑っていたらきっと楽しいことがやってくるわ」

その手鏡で遊ぶうちに、不思議と勇気が湧いてきて、私は外へ遊びに行くようになった。そして、出逢ったのだ。人生で初めてのお友達に……。

キラキラと輝く笑顔が印象的な可愛らしい女の子。今となっては名前も覚えていない女の子だけど、神秘的な体験であり、私にとって原点とも言える出来事だった。

私は彼女のことを『スマイルちゃん』と名付け、当時、その出逢いと体験を絵本にも描いた。専門学校時代、東堂いづみ童話大賞で佳作に選ばれた作品『スマイルちゃんの秘密』も、彼女をモデルにした創作童話だ。

スマイルちゃん……今どこで何しているんだろう。そもそも、あの体験はおばあちゃんのくれた手鏡が起こした奇跡で、スマイルちゃんが本当に存在したのかどうかさえあやふやだけど……。

「今の私がいるのは、あの日出逢った女の子のお陰……。勇気を出して笑顔で一歩を踏み出したら、キラキラ輝く未来が待っていたの。よしみちゃんも勇気を出して一歩を踏み出してみたらどうかな？」

よしみちゃんがドアのむこうで息を殺して聞いているのがわかる。

「『最高のスマイル』のお話を、幼稚園のお友達にも話して聞かせてあげて欲しいの」

「あたしが……？」

「そう。よしみちゃんが『楽しい！』って感じたことを、周りのみんなにも伝えてあげて欲しいんだ。よしみちゃんのハッピーを周りのみんなに分けてあげて、みんなを笑顔に変えることができたら、それが本当のウルトラハッピーなんじゃないかな？」

「あたしにそんなこと……」

よしみちゃんの消え入りそうな声を私は遮る。

「できるよ。こんな私にもできたんだもん。『最高のスマイル』のお話はあそこで終わりだけど、続きはよしみちゃんが作ればいいじゃない」

「あたしが……？」

「このお話に登場したプリキュアは五人だけど、きっと五人だけじゃないと思うんだ。主人公のみゆきと同じように、いつもスマイルでいればきっとハッピーなことが待っている。それもただのハッピーじゃないよ。ウルトラハッピーなことがね。物語はね、想像力さえあれば、ずっとずっと続いていくんだよ。絵本が大好きなよしみちゃんなら、きっとできる。よしみちゃんの考えた『最高のスマイル』の続き……いつかおねえちゃんに聞かせて欲しいな」

その日、よしみちゃんの姿を見ることはできなかった。閉ざされた子供部屋のドアが開くことはなかった。

　ただ、私の心は不思議な幸福に満ちていた。よしみちゃんの心を開こうと必死に語りかけながら、その言葉は私自身の心を激しく揺さぶった。物語の力を信じられなくなっていた私の心に、いつしか希望の光が差し始めていた。よしみちゃんに語った言葉は、全て自分自身への戒めでもあった。こんなことを言えるようになったのも、あかねちゃんと再会できて、とびきりのハッピーを分けてもらえたからかな。

　どんな人間の人生にも幸福は訪れる。ちょっと勇気を振り絞り、笑顔で一歩を踏み出しさえすれば……。よしみちゃんにもきっとできるだろう。だって、「ふれあいキッズひろば」で勇気を出して私に話しかけることができたのだから……。

『最高のスマイル』の物語は、まだ終わらない。これからも続いていく。信じ続けてさえいれば……。


　その晩、私は不思議な夢を見た。

　夢の中で、私は中学時代に逆戻りしている。転校初日、私は遅刻しそうになって、七色ヶ丘中学へ通じる道を走っている。曲がり角を曲がった途端、白馬《はくば》の王子様の出現を期待したけど、そこには誰もいない。

　がっかりして歩き出そうとすると、空から何かが羽ばたくように飛んでくるのが見えた。それは一冊の本で、唖然《あぜん》として見上げる私の顔面に、その絵本の中から現れた妖精のキャンディが激突した。まだ幼い女の子のキャンディは、伝説のプリキュアを探し出すという使命のため、私の前から姿を消してしまう。

……あれ？　これって『最高のスマイル』のストーリー？　それを私自身が夢の中で実体験してるってこと？　いや、夢なのだから、実体験という言い方は正しくないのかもしれないけど……。

夢は進行し、朝のホームルームの時間になった。転校生の私はがちがちに緊張して自己紹介している。あかねちゃんが席を立ち、ジョークを言って私を和ませてくれる。クラスには、やよいちゃん、なおちゃん、れいかちゃんの姿も見える。

やっぱり間違いない。私、『最高のスマイル』の主人公になってる！

そして、放課後、学校の中を探険していた私は、図書室へ行った。その本棚の本を動かしているうちに、私は本棚に吸い込まれてしまい……。

そこで私は目が覚めた。全身が汗ばみ、心臓が激しく鼓動している。まるで現実の出来事のように感じられる生々しい夢だった。

連日、『最高のスマイル』の絵本を朗読しているせいだろうか。前日、よしみちゃんの家を訪ね、絵本のことをずっと考えていたせいだろうか。

外はまだ薄暗く、東の空が白み始める頃だった。

私はベッドから身を起こすと、デスクに置かれた『最高のスマイル』を見つめた。お手製の絵本は、カーテンの隙間から差し込む仄《ほの》かな外光を浴びて神秘的に見える。この絵本を作ったのは、確か中学二年生の頃だから……そうか、だいたい十年前ということになる。

私は懐かしさに駆られて、本棚から中学の卒業アルバムを取り出した。七色ヶ丘中学三年二組の集合写真には、私の他に、クラスメイトの日野あかねちゃん、黄瀬やよいちゃん、緑川なおちゃん、青木れいかちゃんの名前と写真がある。私が描いた『最高のスマイル』に登場するプリキュアのモデルである友達。何をするにも一緒だった仲良し五人組。だけど……。

あれ？　私はじっと彼女たちの顔写真を見つめる。

あんなに一緒に過ごしたはずなのに、五人で過ごした日々を思い出そうとすると、霧がかかったようにぼんやりとしている。何しろ、あかねちゃんの存在そのものを、先日曲がり角でばったり再会するまで忘れていたくらいだ。大の親友の存在をあっさり忘れたりするだろうか。

私は卒業アルバムのページをめくりながら、必死に記憶の糸を手繰り寄せようとした。そこに掲載されている想い出の写真、記されている名前――『星空みゆき』『日野あかね』『黄瀬やよい』『緑川なお』『青木れいか』。そう、確かに私たち五人はそこにいた。七色ヶ丘中学の生徒として、共にかけがえのない日々を過ごした。

それなのに……どうして？

どうして私、このあいだまで四人のことをすっかり忘れていたの？　どうして四人のことを思い出そうとすると胸が苦しくなるの？

私たちの中学時代に、一体何があったんだろう？

その時、部屋のどこかで声が聞こえた。初めは空耳かと錯覚するほど小さな声だった。

「……プリキュア……どこクル？　……」

小さな女の子が助けを求めるような声だ。耳を澄ますと、それは錯覚ではなく、現実の声であることがわかった。

「……プリキュア！　……助けてクル〜！　……」

私は驚きのあまり、ひっ！　と声を漏らした。まさか、謎の声は『最高のスマイル』の絵本から聞こえてるんじゃ……。まさかそんな……。

私は絵本に歩み寄り、おそるおそるページを開いてみた。さっきまで聞こえていた声が、消えてしまったようだ。

「……誰？　誰なの……？」

誰も答えるはずがないとわかっていながら、私は訊ねる。すると、またしても聞こえた。

「……みゆき〜！　……」

今度は間違いなく私の名前を呼んだ。まさか……。

そのページには、妖精のキャンディの絵がある。伝説の戦士プリキュアを探し出し、メルヘンランドに平和を取り戻す使命のため、この世界にやってきた妖精だ。お洒落が大好きな女の子で、ポップという名のお兄ちゃんがいて……。もちろん中学時代の私が生み出した空想のキャラクターだ。

さっきから聞こえている謎の声の主は、キャンディだ。絵本の中のキャラクターにもかかわらず、私には確信があった。

「……キャンディ……？」

私は語りかける。けれど、キャンディは答えない。ただ、絵本の中の絵が微かに動き出したような気がした。

「キャンディ⁉　キャンディなの⁉」

私はすっかり絵本の中の星空みゆきになった気分で、キャンディの名前を呼んでいた。そうすれば、絵本の中のキャンディに声が届くはずだ。

絵本の中のキャンディが必死に助けを求めている。ならば助けないわけにはいかない。

途端、新たな奇跡が起きた。

部屋の本棚の隙間から、微かな光が漏れてきたのだ。本棚には私の大好きな童話や絵本がぎっしりと詰まっている。ちょうど先ほど卒業アルバムを抜いた箇所に隙間が空いていて、そのむこうから神秘的な光が溢《あふ》れてくる。

私は光に目を瞬かせる。

この暖かい光……ずっと昔に見覚えがある。懐かしい。ただ、本棚のむこう側、光の先に何があるのかは見えない。

「……みゆき〜！　……」

私はその時、気付いた。キャンディの声は本棚のむこうから聞こえているんだ！

こうしちゃいられない。

私は衝動的に本棚に歩み寄ると、本をスライドさせて隙間のむこうを覗き見た。しかし、本棚に額を押しつけるように見ても、本棚のむこう側は見えない。私は本をスライドさせる。

突如、既視感に襲われた。デジャ・ヴュだ。これと同じことを、中学生の頃にも経験したことがある。

私は記憶を頼りに、本棚の本をパズルのようにスライドさせていく。まず上の段の本を右へ。次に下の段の本を左へ。そして、再び上の段の本を左右同時に……。誰かに教えられたわけでもないのに、そうすべきだという確信があった。きっと奇跡が起きるに違いない。そう信じて……。

　本をスライドさせながら、私は悟った。どうして今まで気付かなかったんだろう。私の発想した『最高のスマイル』の主人公・みゆきも、こうして図書室の本をスライドさせるうちに、本棚に吸い込まれてしまうのだ。そのむこうには胸躍る異空間があって、その空間は世界中と本棚を介して繋《つな》がっている。それは、私が思いついた物語の設定に過ぎない。にもかかわらず、私はもう信じて疑わなかった。

　キャンディが助けを求めている。伝説の戦士プリキュアを探し求めている。ならば迷う理由はない。

　私は願った。キャンディのもとへ行きたい。『最高のスマイル』の絵本の中へ飛び込んで、物語の続きを始めたい。きっと数日前までの私だったら、こんなこと信じられなかっただろう。けれど、今の私は違う。心を閉ざしたよしみちゃんの家を訪れ、語りかけてから、私の心に希望の光が差していた。

　七色ヶ丘駅前書店はもうじき閉店となってしまう。よしみちゃんとのふれあいの場所もなくなってしまう。物語には、始まりがあり、終わりがある。

　けれど、終わらない物語だってある。勇気を振り絞って、笑顔で一歩を踏み出しさえすれば、新たなページが開かれる。私は『最高のスマイル』の続きを生きたい。絵本の中の星空みゆきのように、キュアハッピーのように、いつも笑顔でいれば、きっとウルトラハッピーなことが起きる。

なぜなら、私は……私は……。

本棚の中から放たれる光が輝きを増した。暖かくて懐かしい光だ。

次の瞬間、私の体は光に包まれ、本棚の中へと吸い込まれていった。

第二章　日野あかね

初恋の味、覚えとる？

人生初めての恋、ハツコイ……はぁー、胸がキュンとなる、ええ響きやなぁ。甘酸っぱいレモンの香りっちゅうのはベタやけど多数派やろ。他には、ミントの香りとか、シャンプーの香りとか、ミルクティーの香りとか、感じ方は人それぞれみたいやな。人生いろいろ、恋もいろいろ。初恋の味も千差万別《せんさばんべつ》ちゅうわけや。

え？　初恋に味なんてあらへん？　そないな昔のこと忘れた？　もう恋なんてせん？

アホ！　何ロマンのないこと言うとんねや。ウチが恋について真剣に語ろうとしてるゆうのに、水差すとはけしからんヤツやなぁ。

あ？　何や、その目は？　そういうあんたの初恋はどうだったんか？　そうか。ウチの話、聞きたいか。そうかそうか。そこまで言うなら聞かしたる。熱血、日野あかねの初恋人生の顛末《てんまつ》をな。

あん？　何やて？　別にあんたのノロケ話なんか興味ない？

ハハハ、残念やったな。この本の第二章は、ウチ、日野あかねが主人公なんや。どないにあきれられようがジト目で見られようが、好き勝手に語らせてもらうから覚悟しとき。っちゅうても文才ないから、ガサツな言葉で許してや。

聞くも涙、語るも涙。遡《さかのぼ》ること十年前、中学二年の頃——ウチの初恋の味は、お好み焼きの味やった……。

「あかねちゃん、ミックス天、ちょうだい」

「あかねちゃーん、こっちはウーロンハイおかわり」

「あかねちゃ〜ん！　あかねちゃんてば！」

「うっさい！　今、大事な話しとるんや！　黙って聞かんか！」

……あん？　アハハハハ……すまんすまん。今仕事中なのすっかり忘れてたわ。

「おっちゃんたち、今すぐ準備するからちーとばかし待っててや。そっちはミックス天、そっちはウーロンハイな？　そっちのおっちゃんは？　え？　ヒマやから話しかけただけ？　……って何か注文せんかい！」


「毎度おおきに〜。おっちゃんたち、また来てや！」

あー、疲れた。一日働くとめっちゃ肩凝るなぁ。

お好み焼き屋「あかね」は今日もショーバイ繁盛、毎日てんてこまいや。腰痛こじらせて入院しとる父ちゃんと、町内会の会長になって大忙しの母ちゃん、二人に代わってウチが店長として店を切り盛りしてるんやで。弟のげんきは大学のサッカー部の合宿で長いこと留守にしとる。ちゅうわけで、ウチが腕を振るうしかないねん。まあ、店に来るのはいつも顔なじみのおっちゃんたちばっかりやけどな。ええ加減客層を広げんと、店の経営もあかんやろなぁ。

えーっと、どこまで話したっけ？　まだなあんも話してへん？　そや、ウチの初恋の話やったな。遡ること今から十年前、中学二年の頃やった。

七色ヶ丘って、めっちゃええ響きやろ。ウチ、十一年前に大阪からこの街の中学に転校してきたんや。父・大悟《だいご》、母・正子《まさこ》、ウチ、弟・げんき。家族四人で関西風お好み焼き屋「あかね」と一緒に、七色ヶ丘に引っ越しちゅうわけや。

ちなみに、何でお好み焼き屋にウチの名前がついてるかわかるか？　父ちゃんと母ちゃんによると、ウチが生まれた年に店を始めたからなんやて。ったく、なんぼ可愛い娘とはいえ、店名に娘の名前つけるとは、ほんまに親バカやなぁ。

ウチの初恋の相手は、イギリスからやってきた交換留学生やった。

名前はブライアン・テイラー。眼鏡に金髪、めっちゃイケメンのくせに、『大丈夫』とかヘンテコな日本語のプリントされたシャツ着とって、最初は「何や？　ヘンなヤツやなぁ」って思った。けど、ウチが校内を案内してやることになって、それがきっかけで仲良くなりよったんや。ウチは英語めっちゃ苦手やねんけど、ブライアンがちーとばかし日本語話せたお陰で、何とかかんとかコミュニケーションもとれた。

ブライアンはめっちゃ優しくて笑顔が素敵やった。日本の文化に興味津々で、さりげなくレディファーストができる紳士でもあった。ウチの作るお好み焼きを食べて、めっちゃ笑顔になってくれた。日本のことを勉強してるブライアンに、ウチはいろんなこと教えてあげた。ブライアンの笑顔を見てると、ウチも胸がドキドキして、こっちまで元気になってきて……。

あん時のウチは愛とか恋とか、ようわからん純真な少女でな。ブライアンへの気持ちが何なのか、自分でも気付かんかったんや。けど、友達に言われて悟った。ウチのブライアンへの気持ち、ちゃんと伝えなあかん。太陽サンサンの熱血少女、日野あかねがここで黙って引き下がったらあかんって……。

ブライアンは短期留学やったから、すぐに母国イギリスへ帰ってしまう。帰国当日、ウチは想いを伝えるために空港へ走った。友達もウチを助けてくれて、ウチはブライアンに想いを伝えることができたんや。

ほんまに友達には助けられたなぁ。みんながいなかったら、ブライアンに想いを伝えることも、その後の再会もなかった。

そう、ウチとブライアンの恋は、まだそれが始まりに過ぎなかったんや。

イギリスに帰国したブライアンから、ウチに手紙が届いた。もちろん全部英語やったから読むのめっちゃ大変やったけど、何とか解読して、ウチもカタコトの英語で返事書いた。愛は言葉の壁を越えるっちゅう話、聞いたことあるねんけど、やっぱ言葉が理解でけへんのはつらいねん。うち、英語猛勉強したんや。英語で赤点ばっかとってたウチが、中学三年になって英語スピーチコンテストのクラス代表に選ばれたくらいや。

ほんでウチは中学を卒業して、高校生になりよった。いつの間にかブライアンとの文通の頻度も減って、だんだん疎遠になっていってしもたんや。やっぱ遠距離恋愛を続けるんはつらいねん。

けど高校二年の夏休みになりよった時、ウチに転機が訪れた。

ある日、いきなり父ちゃんがウチに向かって命じたんや。

「あかね、お前のお好み焼きの腕はまだまだ半人前や。この店を継ぐためには、修行が足りん。お前、イギリス行って武者修行してこい。イギリス人の舌を唸《うな》らせるお好み焼きを作ってこい。それが叶《かな》うまでは帰ってくるな！」

はあ？　父ちゃん、何アホなこと言うてんねんて思ったな。

ウチの腕が半人前？　修行が足りん？　頼る先もないのに、いきなりイギリスへ行け？

「意味わからん。熱血スポ根マンガに出てくる鬼コーチか？」

「アホ！『可愛い子には旅をさせよ』ちゅうやろ！　行けゆうたら行かんか！」

ウチもカチンときて、思わず言い返してやったんや。

「よっしゃ！　受けて立つ！　イギリス人が舌鼓《したつづみ》を打つ絶品のお好み焼き『あかねスペシャル・英国版』、必ず作ったる！　父ちゃんはゆっくり腰痛でも治して待っててや！」

「おう！　俺は絶対に手ぇ貸さんからな！」

「誰が父ちゃんの助けなんか借りるか！」

今思い返すと、何でそん時気付かなかったんやろ。何でよりによってイギリスなのか、ちーとばかし考えればわかるやろ、普通……。ウチ、アホやなぁ。


とにかくウチはイギリスへ渡った。お好み焼きの鉄板を背負って、ロンドンの街でお好み焼き武者修行の始まりや。

けど、旅は山あり谷あり。いきなり空港で「背中の鉄板を降ろしなさい」って止められて、飛行機乗り遅れたのが苦難の始まり。やっとのことでロンドンに着いたら、今度は道に迷うわ、財布とパスポート盗まれるわ、踏んだり蹴ったりや。泊まる予定やったホテルにもたどり着けず、頼る人も誰もおらん。さすがのウチもお手上げ状態で泣き出しそうになってもうた。

「いや、ここで挫《くじ》けたら父ちゃんに笑われる。見せたる！　ウチの本気！」

奮起したウチは、ロンドンの路上に鉄板広げて、お好み焼き作って稼ぐことにした。

「さあさあ、寄ってらっしゃい、見てらっしゃい！　ジス・イズ・ジャパニーズお好み焼き！　イッツ・ベリー・デリシャス！　カモーン！」

日野家奥義《おうぎ》、コテ返しスペシャルも披露《ひろう》してみせたら、道行くロンドンの人たちは物珍しそうな目でウチの方を見とる。けど、みんな遠巻きに見物しとるだけで誰も近付かん。

買《こ》うてくれる人もおらん。

ウチの英語がカタコトやからか？　お好み焼きなんて知らんからか？　こないな可愛い娘が一人で一生懸命実演しとるちゅうのに、何でや！

ウチはヤケになって、裏技を披露することにした。鉄板の上でお好み焼きの具材を細長く広げていき、タワーの形を作っていく。通行人も一体何ができ上がるのかと興味を示し始めた。

「じゃーん！　日野あかね特製、お好み焼きで作った、エッフェル塔！　……って、それはパリ！　ここはロンドンやろ！」

一人ボケツッコミをしてみたけど、通行人はキョトンとしていて、誰一人クスリとも笑わん。何でや……何で滑ったんや……。

ああっ、しもた！　ロンドンの通行人に日本語が通じるはずない。何でそないなことに気付かんかったんや。えーっと、今のを英語で言うと……。あー、お客はんシラけて帰ってしまう！　しかももう日が暮れそうや。あかん……万策尽きた。やっぱ一人で武者修行なんて、無謀やったんや……。

ウチがあきらめかけて、ほんまに泣き出しそうになりよった時やった。不意に聞き覚えのある声が聞こえたんや。

「お好み焼き、一枚ください」

片言の日本語やった。ウチが驚いて顔を上げると、そこに懐かしい顔があった。まさか……まさかこの広いロンドンの街の片隅で再会できるとは思わんかった。ベタやけど、運命の赤い糸ちゅうのは存在するんやって思った瞬間やった。

「ブライアン……！」

ブライアンはウチのお好み焼きを一口食べて、にっこり微笑んだ。

「あかね、これとっても美味《おい》しい。また腕を上げたね」

ウチは安堵《あんど》の笑みを漏らしながら、

「おおきに……」

そう言うのが精一杯やった。

その日から、ウチはブライアンの家にホームステイさせてもらうことになって、お好み焼きの武者修行をスタートさせた。ブライアンにはロンドンの街を案内してもらったし、英語の特訓もしてもらった。お好み焼きの実演販売にも協力してもらって、ウチ、めきめき腕を上げた。ロンドンの人たちの心を摑んで、だんだんお好み焼きを食べてもらえるようになっていったんや。

ブライアンはロンドンのハイスクールで学んでる最中で、今でもウチのことを想ってくれてたんや。

ウチは気付いた。父ちゃんがロンドンへ行け言うたのは、気まぐれちゃう。ロンドンにはブライアンがいるからや。きっとウチがブライアンを想ってることを知ってて、背中を押してくれたんや。ったく、そうならそうと初めから言うてくれればええのにな……。ま、気付かんウチがアホだったんやけど。

夏休みの一ヵ月、ロンドンでお好み焼きの武者修行できたこと、ブライアンと過ごせたことは、ウチにとってかけがえのない宝物になった。めっちゃ刺激的で楽しい毎日で、想い出もたくさんできた。

日本へ帰国する日、ブライアンは空港までウチを見送りに来てくれた。

何や懐かしいなぁ。中学生ん時は、ウチが空港にブライアンを見送りに行った。今は立場が逆になっとる。

「ブライアン、サンキュー。ウチ、ブライアンに会えなかったら途中できっと挫折してたわ。ブライアンの笑顔に何度助けられたかわからん」

ブライアンはとびきりの笑顔で答えた。

「またあかねの笑顔が見ることができて、僕も嬉しかった。あかねには中学生の時、日本のこと、たくさん教えてもらったからね。そのお礼だよ」

ブライアンの笑顔を見ているうちに、ウチは別れるのがつらくなってきた。

ウチが去るのをためらってると、ブライアンはウチを抱きしめた。突然のことに、ウチは呼吸が止まりそうになった。

　何やこれ……。まるで恋人同士みたいや……。

　ブライアンはウチの体を放すと告げた。

「あかね、きっとまた会えるよ。僕は日本の大学へ留学しようと思うんだ」

「ホンマに⁉」

　ウチは嬉しくて声が裏返ってもうた。

「日本語と日本文化の研究に興味があってね、日本の大学を受験しようと思う。ゆくゆくはイギリスと日本の架《か》け橋《はし》になれるような仕事がしたいんだ。そう強く思えるようになったのは、あかねに出逢えたからだよ。僕のこと、待っててくれる？」

「もちろんや！　めっちゃ嬉しい！」

　ウチとブライアンは日本での再会を約束して、空港で別れた。

　日本に帰国してから、ウチは父ちゃんに一部始終を報告した。そして、父ちゃんの前でお好み焼きを作って試食させた。父ちゃんはその味に満足したみたいで、ふてぶてしい顔でぬかしたんや。

「ふむ、腕を上げたな。だが、それだけやない。女も上げたようやな」

　ウチ、カチンときた。

「ったく、何や偉そうに……！」

「父親が褒めとるのに何生意気な口きいてんのや！」

「別に父ちゃんに無理に認めてもらわんでもええわ！」

「ああ、そうか！　なら、もう一回出直してこい！」

……ってな感じで、父ちゃんとは相変わらずやった。まあ、ブライアンと再会できたのも父ちゃんのお陰やから、感謝せなあかんな。

その後の父ちゃん？　いまだに腰痛でひぃひぃ言うてるわ。いい気味や。

以上がウチの熱血、初恋人生の顚末や。初恋にはいろんな味があると思うねんけど、ウチの場合はお好み焼きちゅうわけや。

……え？　その後、ブライアンとはどうなったのか？　恋は実ったのかどうか？　あまりにも話ができすぎていないか？

うっさい！　ウチが、口からでまかせ言うとるとでも思ったか？

「あかね、ただいま～」

お？　ちょうど帰ってきたみたいや。グッドタイミングやから、あらためてみんなに紹介するで！

「ブライアン、お帰り～」

「あかね、何を一人でぶつぶつ話してたの？」

「ハハハ……今、ウチらの運命の再会を思い出してたところやねん」

「あかねのお好み焼き武者修行のことだね」

「そや！　めっちゃ懐かしいなぁ……」

「あの再会がなかったら、今の僕らはなかった。毎日あかねのお好み焼きが食べられるなんて、僕は世界で一番幸せな男だよ」

「何や、ブライアン、照れるわ〜」

……ちゅうわけで、ウチらのラブラブっぷり、わかってもらえたか？

え？　ようわからん？　ったく、鈍いなぁ。言わんでもわかるやろ。

ブライアン、今、日本の大学に留学中なんや。日本に来てから四年間、ずっとウチにホームステイしてんねん。大学では日本の食文化について学んどってな、講義が休みの日や夜が暇な時は、ウチの店の仕事も手伝ってくれてんねん。ブライアンと二人、ひとつ屋根の下、お好み焼き屋を繁盛させる毎日や。

お好み焼きの焼き方、ウチが教えてあげたんやで。お陰で最近は日野家奥義、コテ返しスペシャルもマスターしてしもうたほどや。ブライアンの作るお好み焼き、微妙にウチの関西風と違《ちご》うて洋風の味でイケるんやで。

「たった四年でその味を極めるとは、なかなかスジがええ」

父ちゃんもそう言うてブライアンのこと、えらく気に入ったんや。

え？　ウチとブライアンの関係か？　何や、恥ずかしいなぁ。でも、せっかくやから教えたる。誰にも内緒やで？　まだブライアン本人にも話しとらんことやから。

ウチ、ブライアンが大学卒業したら、アレしようと思うねん。プロポーション……？

プロモーション……？　ちゃうわ。えーっと、プ……プ……

アホ！　緊張して忘れてもうたやないか！

え？　プリキュア？　ちゃうわ。「プ」しか合っとらんやないか。

プロポーズや。告白や。コ・ク・ハ・ク！

ブライアンに自分の想いを正直に伝えようと思うねん。ウチはブライアンとずっと一緒にいたい。結婚したい。二人でこの店をこれからもずっと繁盛させていくのが夢や。父ちゃんと母ちゃんはケンカばっかしとるけど、いつもめっちゃ笑顔で幸せそうやねん。ウチもそんなふうに笑いの絶えない家庭を作っていきたい。

ブライアンはどう思うやろか？　ウチの気持ち、きちんと受け取ってくれるやろか？嫌われたりしないやろか？　あかんあかん。そんなことを迷うてたら何も始まらん。恋は当たって砕けろや。もう四年も一緒におるんやし、この辺で決着をつけようと思うねん。ウチはブライアンと二人で幸せになる。いつも太陽サンサン、熱血パワーでどんな困難も乗り越えたる。なぜならウチは……ウチは……。あーっ、何言おうとしたのか忘れてもうた。とにかく有言実行。ウチの告白の成功、祈っといてや！

はあー……。はあー……。

さっきから出るのはため息ばっかりやなぁ。

はあー……。はあー……ゲホッ、ゲホッ！

うあー、死ぬかと思った。ため息つきすぎて、息吸うの忘れとったわ。

え？　何があったんかって？　別にええわ、聞いてもらわんでも……。何もかもどうでもよくなってしもうた。以上で第二章は終わり。

……あん？　まだページ残っとる？　気になるんか？　ウチのこと、心配してくれてるんか？　優しいなぁ。そんなら話したろか。話せば少しは楽になるかなぁ。

よし、話したる。聞いてえや。日野あかねの熱血、失恋人生の顛末……。あっ、先にオチを言うてしもうたわ。

ウチ、勇気を振り絞って告白しようと思うたんや。ストレートに想いを伝えようとしたんや。当たって砕ける覚悟だったんや。けどな、当たって砕ける前に失恋してしもうたんや。そら太陽サンサンの日野あかねもどんより落ち込むわ。

ウチ、あのあとブライアンの部屋に行ったんや。ウチの店の二階、一つ空き部屋があって、四年前からブライアンに貸しとんねん。

ところが、部屋の襖《ふすま》をノックしたけど返事がないねん。

「ブライアン？　ちょっとええ？」

呼びかけたけどやっぱり返事がない。おかしいなぁ。時刻はもうすぐ夜十二時を回る頃や。部屋にいるはずや。つい数分前に帰宅して二階へ上がっていく足音も聞こえたしな。それに、襖の隙間から部屋の灯りが漏れとる。ブライアンは部屋におるんや。

「ブライアン……？」

やっぱり返事がない。どうしたんやろ？

ウチは不安になって、襖をそっと開けてみた。いつもは勝手にブライアンの部屋に入ることなんてない。悪いとは思うたけど、ブライアンの身に何かあったんやないかって不安になったんや。

部屋は六畳一間で、勉強机とベッドがある。カーテンが閉まっとらんせいで、窓の外には七色ヶ丘商店街の街路灯の光が僅かに見えとる。蛍光灯の灯りで部屋は満たされとる。一見、ブライアンの姿は見えんかった。

「ブライアン……？」

ウチは部屋の中へ足を踏み入れた。そして、気付いたんや。

ブライアンはベッドの上に横になって、微かな寝息を立てとった。ブライアン、もう寝てしもうたんや。二階に上がったのは数分前やったけど、よほど疲れたんやろな。昼間、大学行っとった服装のまんま、ぐっすり眠っとる。

「ったく……風邪《かぜ》ひくで」

　ウチはベッドから落ちそうになっとる掛け布団をブライアンの上に掛けてやった。ブライアンはむにゃむにゃと何か寝言を言うたみたいやけど、目を覚ます気配はない。

　ウチは思い出した。今週、ブライアンは大学の試験があって、連日深夜まで勉強しとったんや。その試験、今日で最終日やったんや。試験が全部終わって気が緩んで、部屋に戻るなり眠ってもうたんやな。

　ブライアンの勉強机が目に入った。そこには日本語の教科書とかノートがどっさり積んである。ブライアン、よう勉強しとったもんなぁ。最近はウチの知らん言葉まで覚えて、日本語ペラペラやもん。

　ま、ええわ。ウチが想いを伝えるのは、今夜でなくてもええ。明日、ゆっくり伝えよう。

　しばらくブライアンの寝顔を見つめとったけど、ウチは抜き足差し足でベッドから離れ、部屋の蛍光灯を消そうとした。その時やった。

　勉強机の上に、ノートパソコンが開きっぱなしになって置かれとるのに気付いた。パソコンの画面には、メールの受信画面が表示されとる。別に見ようと思ったんやない。たまたま見えてしもうたんや。

　ウチは思わずパソコンに歩み寄った。メールの受信画面の一番上に、こんなメールが見えたんや。全部英語のメールやったけど、ウチもイギリスで武者修行してそれなりに英語マスターしたからな、かろうじて意味が理解できた。そのメール、こんな件名やった。

——『ロンドン日本語スクール　講師採用試験合格のお知らせ』。

え……？　ウチ、画面を二度見してもうた。

ロンドン日本語スクール？　講師採用試験合格？

これ、ブライアンに届いたメールちゅうことやろ。ロンドンの日本語学校ちゅうことは、ロンドンにある学校……？　メールの本文には、こんな文章もある。

——『ブライアン・テイラー殿　貴殿は当スクールの講師採用試験に合格しました』

ええっ？　合格？　どういうことや？　ウチ、そんな話一度も聞いたことない……。

「あかね……？」

背後でブライアンの声がして、ウチは絶句して振り向いた。眠っとったブライアンがいつの間にか目を覚まし、ベッドに腰掛けてウチを見つめとった。机の上のパソコンに気付いて、表情を強張《こわば》らせとる。こんな表情のブライアン見るの、初めてやった。

「ブライアン……このメール、何なん？」

ブライアンは答えん。言葉を選ぼうとして、何も言葉にならんちゅう顔しとる。

「勝手に部屋に入ったこと……勝手にパソコン見たのは悪かったと思う……。けど、ロンドン日本語スクールって何なん？」

　ブライアンはしばし黙っとったけど、ウチを諭すように話し始めた。

「黙っていてごめんね、あかね」

「ブライアン、ロンドンに帰ってしまうん？」

　ブライアンはこくりと頷いた。

「いずれ話すつもりだったんだ。僕は来年の春、大学を卒業する。卒業したらロンドンに帰ろうと思う。友人がロンドンにある日本語スクールを運営していてね、そのスクールの講師の仕事を手伝いたいんだ」

「何で……」

　頭ん中が真っ白になって、次の言葉が出てこない。目の前のブライアンがまるで別人みたいに見える。

「あかねと過ごせた四年間、とても楽しかった。このお店を手伝うこともできて嬉しかった。何よりあかねの笑顔が毎日見られて、僕は幸せだった……」

「何で全部過去形なんや！」

「あかね……」

　その言葉を遮り、ウチは想いを吐露する。

「ウチはブライアンとずっと一緒にいたい。この店、ブライアンと一緒に切り盛りして、今よりもっと繁盛させて……いつか、ブライアンと……」

その後の言葉が出てこない。いつものウチやったらためらわず言えるはずやのに、いざ本人を目の前にすると口ごもってしまう。いつも太陽サンサン、熱血パワーで乗り越えてきたウチが、こんな狼狽《ろうばい》するなんて……。そや、こんな唐突なシチュエーションでプロポーズする羽目になるなんて、想定しとらんかったからや。

ブライアンの表情に当惑の色が浮かんどる。

口ごもっているウチを見かねて、ブライアンが口を開いた。

「あかね、君の気持ちは嬉しい。だけど、君とずっと一緒にはいられないよ。僕には僕の人生がある。夢もある」

「夢？　そんなん勝手や。言うたやないか。毎日ウチのお好み焼きが食べられて、世界で一番幸せな男やって」

「ああ、言ったよ」

「だったら何でや……！」

「中学時代、僕は日本に短期留学に来て、あかねの笑顔に出逢った。日本の素晴らしさに触れて、もっと日本のことを知りたいって思うようになった。君に出逢えたからだよ。今も四年間こうして君と過ごして、日本でたくさんのことを学んで、ようやく僕の夢は決まった」

その先の言葉は聞きとうない。それでもウチは訊ねてしまった。

「何や……ブライアンの夢って」

「母国イギリスで日本の素晴らしさを多くの人たちに伝えたい。僕とあかねが出逢えたように、たくさんの人が国と国の垣根を越えてつながり、笑顔になれるなら、こんな素敵なことはない。僕はイギリスと日本の架け橋になりたい。それが僕の夢なんだ」


ウチはアホや。ブライアンのこと、何も知らんかった。四年間一緒に暮らして、一緒にお好み焼き作って、一緒に笑ってたゆうのに、心ん中までは見えてなかったんや。ウチ、アホの極みや。アホンダラや。

翌日は店に立っても、お好み焼き作りに全く集中できなかった。ブライアンの顔が頭ん中にチラついて、仕事に打ち込めん。作り方の手順は同じやのに、食べたお客さんがこう言うんや。

「あれ？　あかねちゃん、お好み焼きの味、いつもと何か違わない？」

「何だか味気ないねぇ。もしかして材料変えたの？」

「いつものあかねちゃんのお好み焼きが食べたかったのになぁ……」

いつも通りに作ろうと必死になる。けど、ヤケになればなるほど上手《うま》くいかない。そや、スランプちゅうやつや。

失恋のショックちゅうやつは、想像以上にこたえるもんやなぁ。いや、ただの失恋とちゃう。大失恋や。大々失恋や。

そういえば中学生ん時、やっぱりお好み焼き作りでスランプに陥ったことがあった。あん時、お好み焼きの最大の「隠し味」に気付いたんや。何やったっけ？　そこにスランプ脱出のヒントがありそうな気がするけど……。

あーっ、何で思い出せんのや！　これもみんなブライアンのせいや！

一体何なんや？　お好み焼きの最大の隠し味。ソース？　鰹節《かつおぶし》？　青のり？　具材？

ウチは必死に記憶を辿《たど》る。そや！　あれは、確か中学二年の頃や。

ある日、ウチの父ちゃん、野菜の入った箱持ち上げようとした瞬間、腰をグキッとやってもうたんや。しゃあない、店閉めるしかないか、って初めは思ったんやけど、もうすぐ町内会の食事会があって、会長さんが父ちゃんのお好み焼きをめっちゃ楽しみにしてるゆうことがわかってな。是が非でも父ちゃんの味を再現せなあかんことになったんや。

そらもう試行錯誤したで。ありとあらゆる食材を投入したり、研究したりして、どうしたら父ちゃんと同じお好み焼きが作れるか、考えに考え抜いてな。

ところがどっこい、これが上手くいかんのや。いつも同じ具材と同じ鉄板と同じヘラ使《つこ》うて焼いとるちゅうのに、ウチがやっても全然いつもの味が再現できへん。日野家奥義、コテ返しスペシャルもマスターしたウチが、何で父ちゃんに追いつけんのか、全くわからんかった。

けど、ある時気付いたんや。お好み焼きの最高の隠し味。ウチ、その答えに気付くことができたんは、七色ヶ丘中学二年二組の友達のお陰なんや。何をするにもいつも一緒やったかけがえのない仲間や。その四人の名前は……名前は……。

あ〜、あんまり急《せ》かすから忘れてもうたやないか！　とにかく、ウチは四人と出逢えて、隠し味に気付くことができたんや。その友達にはなんぼ感謝してもしきれん。

ウチ、お笑いも好きやねん。五人で一緒にお笑いコンテストに出場したこともあった。ただのお笑いコンテストやない。この七色ヶ丘商店街で開かれたお笑いコンテストに、めっちゃビッグな有名人がゲストで来たんや。ウチが大ファンの関西の人気お笑いコンビや。あん時は楽屋にお邪魔したり、お笑いへのアドバイスもろたり、めっちゃお世話になって夢みたいな時間やったなぁ。

五人で出場したお笑いのグループ名、何やったっけ？　緊張しすぎて全然練習通りにできへんかったけど、その人気お笑いコンビのお陰で大事なことに気付けたんや。ウチがお笑い好きなのは……。

あれ？　何や、また忘れてもうた！　おかしいなぁ……。

五人の想い出は他にもある。

ある時、校内芸術コンクールがあって、テーマが『私の宝物』に決まってな。ウチにとっての一番大切な宝物は何か、いろいろ考えたんや。「お好み焼き」も「お笑い」も捨て難いけど、何か違う気がしてな。

ウチ、中学の頃バレーボール部に入っとって、熱血プレーで会場沸かすエースアタッカーやったんや。そんで大会の前の日、ウチは遂に「宝物を見つけた！」って思うたんや。

懐かしいなぁ。あん時に気付いた宝物って、何やったっけ？　あの四人、元気にやっとるかなぁ。また会いたいなぁ。

……あれ？　おかしいなぁ。さっきから話してる中学ん時の大切な仲間……何で名前出てこないんや？　こんなにたくさん想い出があるのに、こんなん絶対おかしいやろ。そもそも、そんな大事な友達のこと、何で忘れてまうんや？　ウチ、最近仕事が忙しすぎてぼーっとしてたんか？　なあ、何でやと思う？

……え？　あ、そやそや、お好み焼きの隠し味を思い出そうとしてたんや。すっかり脱線してもうたな。

ため息をつきながらお好み焼きを焼いていると、お客さんは一人帰り、もう一人帰り……とうとう店内には誰もいなくなってもうた。

ウチは絶望的な気分で無人の店内を見回した。父ちゃんは腰痛で入院中、母ちゃんは町内会の仕事、弟のげんきはサッカー部の合宿、ブライアンも今夜は大学のサークルの親睦会とかで留守で、店はウチ一人きり。

　昨夜のブライアンの言葉をもう一度思い出す。イギリスと日本の架け橋になりたいちゅうブライアンの夢は、ウチも共感できる。けど、ブライアンはずっとウチと一緒にこの店にいるものと思ってた。その動揺のせいで、ウチ、まだ気持ちが整理できん。

　だいたい勝手すぎるんや。そんな大事なこと、ウチに黙って勝手に決めて、勝手に別れを告げるなんて……。ウチは認めん。断じて認めん。こんないい女を捨ててロンドン帰るなんて、罰当たりもいいところや。だいたいブライアンを想い続けてきたウチの気持ちはどないしてくれるねん。

「あの……」

　よーし、今夜ブライアンが帰ってきたら、本音をぶつけたろ。何もかもぶちまけたろ。自分だけ夢を叶えようなんて都合が良すぎるんや。日本に残されるウチがどんなつらい想いか、わかっとらん。徹底的にしばいたる。覚悟しとき、ブライアン……。

「あの……！」

　……ん？　ウチは我に返った。いつの間にか「あかね」の店内のカウンター席に、一人のお客さんが座っとった。ウチと同世代の小柄な女性で、キョトンとこちらを見上げている。ボブヘアとカチューシャが印象的で、黄色いカーディガンを羽織っとる。

「アハハ……お客さん、すんませんね。ぼーっとしてて……」

そこまで言うて、ウチはそのお客さんの顔を二度見した。その顔には見覚えがあった。

ボブヘアにカチューシャの女性は微笑する。

「久しぶり。あかねちゃん」

「やよい……！」

ウチは思わず叫んでしもうた。いやー、ビックリ仰天や。

七色ヶ丘中学で同じ二年二組だった黄瀬やよい。そや、泣き虫やけどマンガや絵を描くのが得意な子や。あれから十年経ったが、すぐにわかった。

「やよい、変わっとらんな！　相変わらず風船みたいな顔しよって！」

「余計なこと言わないでよ……」

やよいは頬を膨らませながらも笑っている。

「何でこんなところにおるん？」

「たまたまお店の前通りかかって、あかねちゃんのこと思い出したんだ。懐かしくなって入ってみたの」

「そっかぁ。めっちゃ嬉しいわ。中学ん時以来やもんなぁ」

「あかねちゃんも変わってないね」

「やよいはマンガ描いとるんやろ？」

やよいはなぜか視線を逸《そ》らし、言葉を濁した。

「うん……続けてるよ」

「すごいやん。ウチのクラスで一番の出世頭や。よっしゃ、そろそろ閉店の時間やけど、再会を祝して、やよいのために特別サービスしたる！　何でも好きなもん注文しいや！」

「ホント⁉」

やよいが思わず両手のピースサインで喜びを表現する。

ウチはやよいのために張り切ってお好み焼きを作り始めた。スランプの真っ最中やけど、そんなこと関係あらへん。お好み焼き屋「あかね」の意地、見せたる！　何しろ久しぶりに再会した友達のためやからな。

そのうちに思い出してきた。十年前、中学生の頃もウチはこうやって友達にお好み焼き作って振る舞ったことがある。ウチ、そん時に何か大切なことに気付いたんやなかったっけ？

「ねえ、あかねちゃん。最近みんなに会った？」

「……え？　みんな……？」

ウチは思わず調理の手を止めた。

――あれ？　つい最近同じことを誰かと話した気がする。誰やったっけ？

そや！　このあいだ、やっぱり十年ぶりに友達と再会したやないか。七色ヶ丘商店街の曲がり角でバッタリと……。

えーっと、名前名前……。絵本やメルヘンが好きで、いつも笑顔でいればハッピーなことが待ってると信じてる女の子……。楽しいことがあると「ウルトラハッピー！」っちゅうて、残念なことがあると「ハップップ～」ちゅうてほっぺた膨らませてた……。

……みゆき！　星空みゆきや！

鉄板の上のお好み焼きが焦げかけとることに気付いて、ウチは慌てて皿に移した。

「みゆきには会《お》うたで」

「ホントに!?　みゆきちゃん、元気だった？」

「おう、駅前の書店で働いとる言うとった」

「本屋さんかぁ。みゆきちゃんらしいなぁ」

ちょっと待て……。ウチ、みゆきのこと、何で忘れとったんやろ？　つい最近、会うたばかりなのに……。みゆきのやつ、まだあの絵本持っとったな。中学生の頃に描いた『最高のスマイル』の絵本。

そや！　ウチら三人の他に、姉御肌《あねご》で大家族の緑川なお、生徒会副会長で男子にモテモテの青木れいか。五人をモデルにしたみゆきの創作絵本が、『最高のスマイル』やないか。

――「みゆき！　忘れるなんて、どういう神経しとんのや」

あの時はみゆきにそう言うたけど、ウチもホントのところ、みゆきにバッタリ再会するまでは忘れてたんや。

何でやろ？　何でそんな大事な友達のこと、忘れとったんやろ？　何なんやろ、このざわざわした気持ち……。

ウチは考えながら、完成したお好み焼きをやよいに振る舞った。

「美味しそう。いただきまーす」

やよいは少女みたいなあどけない笑みを浮かべ、一口食べた。途端、放心したように箸《はし》を止めた。よう見ると、両目にうっすらと涙を浮かべとる。

「アハハ、まだ熱かったな。すまんすまん。ゆっくり食べや」

けど、やよいはその言葉が耳に入っとらんのか、黙々と箸を動かして食べ始めた。どうやら熱かったわけではないみたいや。両目から溢れ出た涙が大粒になり、頬を伝っている。

「やよい……どないしたん？」

やよいは口の中のお好み焼きを飲み込み、にっこり笑った。

「すごく美味しい」

ウチは安堵してズッコケてしもうた。

「何や、心配したやないか。泣くことないやろ」

やよいは依然として黙々とお好み焼きを食べ続けとる。よっぽどウチの味、気に入ってくれたんやなぁ。嬉しいなぁ。

「……何でだろう。温かくて、懐かしくて、胸がキュンってなる……」

「そらそうや。十年ぶりに食べたウチのお好み焼きやろ。ウチも十年の間に腕上げたんや。ロンドンに武者修行にも行ったしな。さ、どんどん食べてや」

その時、ハッと我に返った。

「やよい……そのお好み焼き、ホンマに美味しい？」

やよいは不思議そうに小首を傾《かし》げる。

「もちろん」

「そうか……嬉しいなぁ」

ウチ、スランプに陥って、お好み焼きが上手く作れなくなってたんや。それなのに、いつの間にスランプ脱出したんや？　調理の仕方を変えたり、隠し味を入れたりしたわけやないのに……。

隠し味……？

そや！　ウチの頭ん中でぼんやりしとった記憶が甦り始めた。消えかけとった十年前の想い出が復活したんや。何で今まで忘れとったんやろ。ぼんやりしとった頭の中の霧がバーッと一気に晴れた気分や。

「あかねちゃん……どうかしたの？」

やよいの言葉でウチは顔を上げた。

「やよい、おおきに。ウチ、大事なこと忘れとった。訪ねてきてくれて、ほんまに嬉しい」

やよいは腑に落ちない表情をしとったけど、やがて微笑した。

「お礼を言わなきゃいけないのは私の方だよ。私も最近いろいろあって行き詰まってたんだけどね、あかねちゃんのお好み焼き食べたら元気が出てきたみたい」

「何や、いろいろって……。ウチにできることならお悩み解決したるで？」

けど、やよいは店内の時計を見て、あっと声を上げた。

「いっけない！　もうこんな時間。私、そろそろ行かなきゃ」

「えー？　もう帰るんか？」

話したいことは山ほどある。けど、やよいは何かに急かされている様子やった。

「また来るね。やよい、今度は五人で一緒に食べたいな……」

「せやな。やよい、マンガ頑張ってな！」

「あかねちゃんもね！」

やよいが帰って誰もいなくなった店内を、ウチはしばしぼんやりと眺めとった。やよいとの再会で目が覚めた。忘れとった大事なこと、思い出すことができたんや。

よっしゃ！　吹っ切れた。太陽サンサン、日野あかねの熱血、恋愛人生、まだまだ終わりやない。ここからが本番やで！

「ブライアン、話があるねんけど」

その晩、遅くに帰ってきたブライアンに、ウチは開口一番切り出した。

ブライアンはウチの真剣な表情を見て察したらしく、聞き返した。

「昨日話したこと？」

「そや。どうしてもウチの想い、ちゃんと伝えたくてな」

ブライアンは店内のカウンター席に座った。ウチはカウンターの中から、鉄板を挟んでブライアンと向き合う。思い出すなぁ、中学二年の時、ブライアンを店に案内してお好み焼きを振る舞ったあの日……。

いかんいかん。感傷に浸ってる場合とちゃう。

「昨夜はいきなりロンドンへ帰る話聞いて、ウチ、動揺してもうた。ブライアンはウチとずっと一緒にいてくれるって思ってたんや。何でウチのこと置いて行ってしまうんやって、正直めっちゃ落ち込んだ。腹も立った。お好み焼きも上手く作れんようになってしもうた……」

ブライアンは何か言いたそうだったけど、ウチは構わず続けた。

「けどな、中学ん時の友達と再会できて、大事なことに気付いた。ウチ、自分のことしか考えとらんかった。ブライアンの気持ち、考えとらんかったんやって……」

やよいと再会して記憶が甦ったんや。今まで何で忘れとったかはわからん。けど、大事な想い出や。

中学二年の時、父ちゃんに代わってお好み焼き作ることになって、試行錯誤した、あの時……ウチ、気付いたんや。

お好み焼きの最高の隠し味、それは、食べた人に元気になってもらいたいちゅう気持ちや！　その気持ちをぎゅうぎゅうに詰め込めば、きっと美味しいお好み焼きになる。食べた人が笑顔になってくれる。

現にウチ、友達のやよいのために一生懸命作ったから、やよい、感動してくれた。いつの間にかスランプも脱出できた。もっともスランプちゅうても、たった一日の間だけの短いスランプやったけどな、ハハハ……。

思い出したのはそれだけやない。中学ん時に出場したお笑いコンテスト、あん時、お笑いは失敗したけど、大切なのは成功とか失敗とかやない。みんなに笑顔になって欲しいちゅう想いが一番大切やって気付けたんや。

『私の宝物』っちゅう宿題が出た時、友達四人でお守りを作って励ましてくれた。裁縫《さいほう》で作ってくれたウチのマスコットのお守りや。みゆき、不器用やから指、傷だらけにしてな。それがめっちゃ嬉しかった。

みゆき、やよい、なお、れいか……みんなと一緒だったから、ウチはつらい時も苦しい時も、笑顔で乗り越えてこられたんや。ウチは明るくてハイテンションやから、みんなを笑顔にするって昔からよう言われてたねんけど、本当は違うねん。笑顔にしてもろうてたのはウチの方やったんや。その四人がいたから、ウチはいつも太陽サンサンの笑顔でいられたんや。大切な人のことを想うから、人は笑顔になれるんや。

ウチはあらためてブライアンを見つめて言った。

「ウチ、一人で勝手に盛り上がってた。自分の都合ばかり考えて、ブライアンの気持ち、考えとらんかった。ウチ、ブライアンには夢を叶えて欲しい。イギリスへ帰って、日本語スクールで働くんなら、ウチも全力で応援する！」

「あかね……」

「ウチはここでお好み焼き屋を続ける。離れ離れになってしまうけど、ブライアンの夢が叶うなら、それがウチにとっての一番の幸せや」

ウチは話しながら、ブライアンのためにお好み焼きを作り始めた。ありったけの熱い想いを込めて、最高の一枚を焼き上げたる。そんな心意気で材料を混ぜ合わせて、生地を鉄板に載せる。

焼き上がるのが待ちきれないように、ブライアンはじっと鉄板を見つめとる。ウチはその顔を見つめるうちに、ブライアンとの想い出が次々と甦る。中学生ん時の初めての出逢い、ロンドンへ武者修行に行った時の再会、そして、再び来日したブライアンとの四年間の日々……。

ブライアンは、完成したお好み焼きをじっくりと味わいながら食べた。その顔に笑みが広がっていく。

ブライアンはイギリスへ帰ってしまう。けど、この想い出は消えん。ブライアンと過ごした日々と、この笑顔は消えることはないねん。

お好み焼きの皿から顔を上げると、ブライアンはこれまでウチが見たことのないくらい満面の笑みを浮かべて言うた。

「美味しい。とても美味しいよ。あかね……おおきに」


その晩、ウチは自分の部屋に戻ると、中学生の頃の想い出の品が詰まった段ボール箱を引っ張りだした。箱の上、めっちゃ埃《ほこり》だらけやなぁ。もう十年近くも仕舞っといた箱やからな。さてさて、発掘したるで、ウチの宝物。

箱を開けると、まるでタイムカプセルやった。出るわ、出るわ、懐かしの品々。卒業アルバム、文集、バレーボール部の賞状とトロフィー、お笑いコンテストの参加賞のバッジ、何やようわからん美術の粘土細工……。

その中にウチの探してた宝物が眠ってた。手作りの小さくて可愛らしいマスコットのお守りや。バレーボールを持ったウチが拳を握りしめとって、『ファイト』の文字が入っとる。バレーの大会前に、みゆき、やよい、なお、れいかが作ってくれた贈り物や。

これを見てると、みゆきたちの笑顔が甦る。そや、五人で過ごした日々、その友情が、ウチにとって何よりの宝物や。懐かしい想いに胸がキュンってなる。

胸がキュン？　そういえば、やよいもウチのお好み焼き食べながら、そんなこと言うとったな。

ウチ、何か不思議な気分になってきた。よう考えてみるとおかしいことだらけや。何で今までみゆきたちのこと、忘れとったんやろ。何でやよいと再会するまで思い出せなかったんやろ。こんな大事なウチの宝物、どうして今まで忘れとったんやろ。

五人で過ごした中学二年の時、ウチらに何があったんやろか。

その時、気付いた。みゆきたちが作ってくれたマスコットのお守りに、縫い直した痕《あと》が残っとる。古くなったのを直したんやない。何かの理由で壊れてしまって、修理したんや。

お守り、何で壊れてしまったんやっけ？　何かそこに謎のヒントがある気がする。

「……プリキュア……」

あん？　今、誰か何か言うた？　空耳か？

「……プリキュア……助けてクル……」

「うわ！　空耳やない！　どこや！　部屋ん中、ウチ以外に誰もおらんのに、どこから聞こえてくるんや。まさか幽霊ちゃう？」

「……キャンディは幽霊じゃないクル！　……」

うわ━━━っ！　幽霊がしゃべった━━━っ！

「……ん？　今、キャンディ言うた？　キャンディって飴《あめ》ちゃんのこと？」

「……キャンディは飴ちゃんでもないクル！　……」

「うわ！　ほな、誰や？」

……あれ？　声、聞こえなくなってしもうた。おーい、飴ちゃん、どないしたんや？

その時、ウチ、思い出した。みゆきが中学ん時に描いた『最高のスマイル』の絵本。あの中に登場する妖精の名前が、確かキャンディやった。犬とか猫とか狸《たぬき》とか、いろんな小動物に間違われて、そのたびに怒っとった。語尾に「～クル！」って付けて舌っ足らずに話す可愛いヤツやったなぁ。キャンディ、元気にしとるかな。

「……あかね～！　助けてクル～！　……」

「どわぁぁぁぁぁ！」

……ん？　キャンディ……？　キャンディなんか？　いやいや、そんなアホな！　キャンディは『最高のスマイル』に登場する空想のキャラクターやないか。何でその声が聞こえてきて、しかもウチの名前知っとるんや。

おかしいなぁ……。キャンディのこと、絵本で読んだだけのはずやのに、ウチ、山ほど想い出が甦ってくる。まるで中学生の頃、一緒に過ごしたみたいや。

そんなはずない。キャンディは絵本の中の妖精で、あん中に出てくるプリキュアも……。

「……あかね～！　……」

ウチは気付いた。キャンディの声は、部屋の本棚から聞こえてくる。ウチの本棚には、料理のレシピ本とかノートがぎっしり詰まっとる。けど、ちょっとだけ隙間があって、そのむこうから光が漏れてくるんや。

「何やこれ！　どういうトリックや？」

ウチは棚のレシピ本やノートを横にスライドさせて、光の正体を探ろうとする。けど、よく見えん。

「……あかね！　助けてクル！　……」

また聞こえた。間違いない。本棚のむこう側からこの声は聞こえてくるんや。この光のむこうに、キャンディがおるんや。

ウチはレシピ本やノートをどんどんスライドさせていく。そや！　こうやって本を移動させると、本棚ん中に吸い込まれるんや。そのむこうには、ふしぎ図書館ちゅうワクワクする異空間が存在するんや。みゆきの描いた『最高のスマイル』の中では、確かそうやった。そこに行けたら、きっと何もかもわかるんとちゃう？

普通やったら信じられなかったやろな。けど、みゆきとやよいとバッタリ再会して、大切な宝物のこと思い出した今のウチなら、何だって信じられる。何だってできる。

ウチ、胸がドキドキや。二十四歳にもなって、こないなメルヘンでドラマチックな出来事に遭遇できるんやから、ためらう理由なんかないやろ。こっから日野あかねの新しい人生がスタートするかもしれん。

あん？　ブライアンはどうするのか？　お店はどうなるのか？

考えてる暇あらへん。後ろばっかり振り返っとったら何も始まらん。恋も人生も当たって砕けろや。人生なんて、案外なるようになる。

「よっしゃ！　キャンディ！　今行くで！」

叫んだ途端、ウチの体は光と一緒に本棚の中に吸い込まれた。

そこは光の空間で、ウチはその中を落ちていく。何やこの光、ワクワクする。それに、前にもこれと同じことを体験したことある気がする。いや、気のせいとちゃうわ。間違いない。ウチ、前にも本棚に飛び込んで、こうやって異世界へ行ったことあるねん！

ウチの体の奥底から太陽サンサンの熱血パワーが湧いてくる。別の自分に生まれ変われる気がする。まるでウチ、みゆきの描いた『最高のスマイル』の絵本に登場するキュアサニーになりよったみたいや。

キュアサニー？　ウチ、キュアサニーなんか？　ハハハ……まさかなぁ。

ウチは光の空間をどこまでもどこまでも落ちていく。その光の先に何があったか……それはあとのお楽しみ。ウチ、日野あかねの章はこれにてめでたく終幕や。

ほな！　お後がよろしいようで。

第三章　黄瀬やよい

人の心の中には、それぞれのヒーローがいる。ヒーローがいるから、人は苦しい時、挫けそうな時、勇気が湧いてくる。人生のどん底に落ちても、また立ち上がり、這《は》い上がることができる。

あなたにとってのヒーローって誰？　たとえば、幼い頃に観た特撮ヒーローやアニメの主人公？　もしくは、アイドルや歌手や俳優、スポーツ選手、歴史上の偉人、学校の先生、塾の先生、自分の両親、部活の先輩、職場の上司……。

人の数だけヒーローがいて、それぞれのドラマがある。

ヒーローの魅力って、何と言ってもケレン味だと思う。変身の時に名乗りを上げたり、必殺技の時に技の名前を叫んだりするでしょ？　現実的に考えるとリアリティがないんだけど、お客さんはそれを期待してるから、「よっ！　待ってました！」って言いたくなる。独特のテンポと間がたまらないんだよね。

え？　あたしにとってのヒーローは誰かって？　うーん、昔のことだし、思い出すのも気恥ずかしいな。

子供の頃に大好きだったヒーローは、正義の戦士・太陽マン。

え？　太陽マンを知らないの？　まあ、無理もないか。もう十年以上前の作品だもんね。

太陽マンっていうのは、テレビで放送していた特撮ヒーロー番組の主人公でね、顔が太陽をモチーフにしたデザインで、悪者を前にしてカッコよくポーズを決めて、

「ジャスティス・ヒーロー　太陽マン！」

って名乗りを上げるの。必殺技は「ソーラーフラッシュ」。太陽光のエネルギーを全身にチャージして、それを額から照射して敵を倒すんだよ。太陽光をエネルギーにして戦うって、個性的だと思うかもしれないけど、巨大特撮ヒーローものでも見られる王道の設定なんだ。

私、ヒーローが大好きだったから、いろんなグッズを集めていた。中学生の頃まで、ヒーローの目覚まし時計を使っていたっけ。

「よい子のみんな、おはよう！　君の目覚めを世界中の人が待っているぞ！　さあ、起きるんだ！」

毎朝そんな勇敢な声で起こしてくれるんだもん。眠くて憂鬱《ゆううつ》な朝も、自然と元気が湧いてきたなぁ。

ちなみに、好きだったロボットアニメは『鉄人戦士ロボッター』。タケル少年がロボッターっていうロボットを操縦して宇宙を舞台に活躍するの。

純粋なヒーローものとの違いを挙げるなら、主人公がロボットに乗り込んでコントロールする爽快感だと思う。特に『鉄人戦士ロボッター』の場合、ロボッターには独立した人

格があって、言葉を話すことができる。主人公のタケルとはバディの関係にあって、二人は会話をしながら戦うんだよね。

「行くぞ、タケル！　地球の人々の笑顔を守るために、私たちは何度でも立ち上がる！」

……なんてロボッターが言っちゃったりして。

必殺技は「ウルトラロボッターパンチ」。

ロボッターの玩具《おもちゃ》の発売日には、子供たちと一緒に行列に並んでまで買っちゃった。

中学二年生の時、オリジナルのヒーローを創作した。

七色ヶ丘中学で校内美化週間のポスターコンクールがあって、私が二年二組の代表としてポスターを描くことになっちゃったんだ。初めはやる気じゃなかったんだけど、学校の屋上でこっそり絵を描いてるところを同級生に見つかって、それでホームルームで推薦されて……。

その時に『校内美化ヒーロー　クリーンピースマン』っていうヒーローを思いついて、ポスターに描いた。結果は『努力賞』止まりだったけど、推薦してくれた同級生はポスターを描くのを手伝ってくれて、大の親友になった。自分に自信がなかった私の心を開いてくれた。

それに、あの日を境に私は……。

あれ？　何があったんだっけ？　すごいことが起きたんだよ。私の人生の転換点になるようなドラマチックなことが……。

まあ、今はその話はいいや。

初めてマンガを描いたのは、中学二年の時。読み切りのマンガを描いて、『週刊少年スマイル』のマンガコンクール新人賞に応募することにしたの。

私、知らなかった。マンガを描くのって気が遠くなるほど大変だってこと。でも、最後まで一人でやり抜くって決めたからには、頑張らなくちゃって思った。私、ちょっと泣き虫だけど、一度決めたことは最後までやり抜くのがポリシーなんだ。

マンガ家っていう職業へ憧れを抱いたのもその頃で、まずは形から入ろうと思って、ベレー帽を買いに行ったなぁ。今でも持ってるよ、その時のベレー帽。

タイトルは『ミラクルピース』。正義のヒロインが悪に立ち向かうお話。ミラクルピースは、泣き虫だった私がちっちゃい頃から思い描いていた憧れのスーパーヒロインだった。いわば理想の自分、私の分身。私の心の中にほんの少しだけある強い心が、ミラクルピースってことになるのかな。だからマンガを描きながら、作者の私自身がミラクルピースに励まされて、締め切りまでに最後まで描き切ることができたの。

結果は佳作。私、この佳作がきっかけで夢を決めたんだ。将来、マンガ家になりたい。みんなが憧れを抱けるようなスーパーヒロインを描いて、勇気を届けたい。私自身がミラクルピースに救われたみたいに、世界中の読者が私のマンガを読んで絶望から救われるなら、素晴らしいだろうなって……。

それが『ミラクルピース』の誕生秘話。もう十年も前のことだから、大人になった今、あらためて思い返すと、懐かしくて、そして切ない。そんなふうにヒーローの可能性を無邪気に信じていた時期もあったんだな……。

私はため息をつき、仕事場から窓の外を見やった。

すでに陽《ひ》が落ち、東京都心の高層ビルの光が見える。もう見飽きた光景だ。

ここは地上四十一階のタワーマンションの仕事場。ここから地上を見つめていると、時々人の姿が豆粒のように見える。忙しそうな会社員、帰宅途中の学生、幸せそうな親子連れやカップル……いろいろな人々の人生が見える。そのたびに、私はそういうありふれた人生とは無縁なのかもしれないと孤立感に苛《さいな》まれる。

マンガ家は孤独な職業だ。一日のほとんど全ての時間をデスクに向かって過ごす。家族や友人よりも、ずっと長い時間をかけて架空のキャラクターと付き合っていく。何年にも及ぶ長期連載になればなおさらだ。

十年前は想像できなかった。中学時代に描いた『ミラクルピース』が、その後再び編集部から注目され、週刊連載が決まり、七年間にもわたって読者に愛されることになるなんて……。『ミラクルピース』は人生で初めて描いたマンガだ。まさかそれでいきなり脚光を浴びて、高校生マンガ家としてデビューできることになるなんて、何て劇的な人生なんだろう。

劇的……？　ううん、劇的だったのはデビュー当時だけで、あとはひたすら孤独で地道な作業の繰り返しだった。

連載マンガの命運は、読者アンケートの人気投票で決まる。人気があるマンガは巻頭カラーで掲載されたり、表紙で大きくピックアップされたりする。けれど、人気のないマンガは容赦なく打ち切りになる。連載を勝ち取るだけでも大変だというのに、その先にはさらにシビアな世界が待っているのだ。

私の『ミラクルピース』は連載開始当初、あまり人気もなく、読者アンケートの順位も真ん中あたりをウロウロしていた。それも、「現役女子高生マンガ家」という宣伝文句で話題になっていたせいもあるので、「高校生の描く初連載にしては、大したもんだよね」という程度の評価だった。

ところが、連載が軌道に乗ると、ぐんぐんと順位は上昇した。何度も巻頭カラーで掲載され、やがて読者アンケートで一位を獲れるまでになった。私も信じられなかった。勉強は苦手で、スポーツなんていつもビリだった私が、マンガ連載で一位だよ？

連載に集中するため、私は高校を中退した。編集長には反対されたけど、このまま『ミラクルピース』の人気を維持するには、生活の全てをマンガに捧《ささ》げるしかないと思った。

そして、このタワーマンションの四十一階に仕事場を構え、アシスタントたちと共に毎週の締め切りに追われる日々をスタートさせた。

連載は七年間、途切れることなく続いた。二年前にテレビアニメ化され、現在、毎週日曜朝に放送されている。変身アイテムやソフビ人形などの関連グッズも続々と発売された。劇場版、ゲーム、ノベライズ……さまざまなメディアに波及している。今や『ミラクルピース』のタイトルを知らない日本人はいないだろう。

ホントだよ。ウソじゃないってば。もっとも、もう連載は終了だけど……。

七年間に及んだ『ミラクルピース』の戦いに終止符が打たれる。

いや、正確には「終止符を打つことを決めた」のだ。未練はない。作者である私自身が決めたことなのだから……。

私は大きく伸びをして仕事場のソファに横になった。締め切り間際には、アシスタントたちが夜まで忙しく仕事を手伝ってくれる。

けれど、今は最終回の原稿を仕上げ、『ミラクルピース』に関する全ての仕事を終えた後なので、アシスタントもみんな引き上げてしまった。仕事場には私一人しかいない。

隣室は居住スペースになっている。ここで暮らし、ここで仕事ができるように購入したマンション。けれど、一人で過ごすには広すぎる。マンガ家人生のほとんど全てをここで過ごしてきた。ここでマンガを描き、ここで暮らして、気がつけば二十四歳になっていた。

もし大学へ行っていれば今頃卒業して、社会人になったばかりの年齢だろう。人生の出発点。未来に向かって羽ばたく時期だ。

それなのに、私はどうだろう。『ミラクルピース』のお陰で、信じられないほどの成功と収入を手に入れた。連載の原稿料だけでなく、単行本の印税、グッズのロイヤリティ……何もしなくても、毎月、莫大な金額が私の口座に振り込まれる。

羨ましいって思う？　そう……そうかもね。

でも、私はどんなにお金を手に入れても満たされない。そんなこと望んでマンガ家になったわけじゃないから。

私は先月の出来事を思い返した。


「『ミラクルピース』を終わらせたい？」

編集長は、会議室の椅子からずり落ちそうになりながら聞き返した。

もともと訪問前に「『ミラクルピース』の件で大事なお話があります」と私から伝えてあったので、編集長も何事だろうと心構えはしていたようだ。しかし、まさか「終わらせたい」という言葉が飛び出すとは思っていなかったらしい。

会議室には私と編集長の二人きり。私は『ミラクルピース』最新話の原稿を無事に間に合わせ、編集長もほっと一息ついて、今後の展開について話そうと言い出した矢先だった。

会議室のドアをノックする音がして、一人の女性編集者が顔を覗かせた。

「編集長、お話し中すみません。東堂いづみ先生からお電話が……」

「折り返すと言って」

編集長は彼女の顔を見もせずに鋭く告げた。その有無を言わさぬ口調に、彼女は強張った表情で一礼して出て行った。

「びっくりしたな……。やよいちゃん、どういうこと？　詳しく話してよ」

この編集長には十年前からお世話になっている。『週刊少年スマイル』の新人賞に私が初めて応募した際、『ミラクルピース』を一番に推してくれたのもこの人だ。今や誰もが私のことを「黄瀬先生」とか「やよい先生」とか呼ぶけれど、編集長だけは初めて出逢った十年前と同じように「やよいちゃん」と呼ぶ。佳作を獲った十年前から、私がこの編集者を信じてついてきたのは、パパの面影を感じたからかもしれない。

私が五歳の時にこの世を去ったパパ。「春のように優しい子になって欲しい」という想いから、私に「やよい」という名前を付けてくれたパパ。不器用で愛情表現は苦手だったけど、きっと今でも天国から見守ってくれているパパ……。

編集長も不器用で普段は素っ気ない人だけど、マンガのこととなると熱くなる性格だった。私のことを実の娘のように気遣って、一からマンガの描き方をアドバイスしてくれた。この人ならば、マンガ家としての人生を託してもいいと私は思った。

当時はいち編集者に過ぎなかった彼も、今では編集長として多くの編集者を指揮している。

普通、マンガ家がこうして直接編集長と一対一で打ち合わせをすることは少ない。それぞれのマンガには担当編集者がいて、マンガ家はその編集者と打ち合わせをするからだ。私の『ミラクルピース』にも担当の若い編集者がいる。

けれど、私は担当編集者を飛び越えて、デビュー当時からお世話になっている編集長とダイレクトに打ち合わせをすることも多い。

だってマンガ家としての人生を歩み出すきっかけを作ってくれた恩人だから。

「……もう限界なんです。七年間続けてこられたのは奇跡だと思います。私、これ以上『ミラクルピース』を描き続けることはできません……」

編集長はため息をつきながら、あごの無精鬚《ひげ》を触っている。彼が気分を落ち着けようとする際にする癖《くせ》だった。

「読者の人気投票の件なら心配要らない。確かに最近は真ん中あたりの順位をウロウロしてる。ぶっちゃけ『昔の方が面白かった』っていう感想も多いよ。けどね、これは長期連載のマンガが必ず通る道なんだよ。今までヒット作を生み出してきたマンガ家の先生たちも、みんなそうだった。調子が良い時期もあれば、スランプの時期もある。続けてさえいれば、きっとまた……」

「そういうことじゃないんです」

編集長の眉間《みけん》にしわが寄っていく。

「七年も続いたんだよ？　人気が下がろうが、批判が殺到しようが、俺が終わらせない。君の才能を見出し、君とともに作品を成長させてきた俺が、どんなことがあっても作品を守り抜く。『ミラクルピース』は、今や『週刊少年スマイル』を、いや、この出版社を背負って立つ大ヒット作なんだから」

「その話は何度も伺いました。本当にありがとうございます」

「だったらさ、そんなに簡単に投げ出さないで、もう一度考え直してよ」

だめだ。編集長は私の話を本気だと思っていない。たまたま執筆に行き詰まって、弱音を吐いているだけだと思っているのだろう。

そうじゃない。私はもう限界なんだってば……。

私は話題を変えようと、窓の外の空を見た。今にも雨が降り出しそうな曇天《どんてん》だった。

「覚えていますか？　『ミラクルピース』の連載がスタートした時、第一話の最後に掲載した私のコメント……」

「もちろんだよ」

編集長は即答した。

「『子供の頃、私は自分の思い描いたミラクルピースに心を救われました。今、挫けそうなみなさん、あきらめないで。きっとあなたの心の中にもミラクルピースはいますよ』……」

編集長は七年前の私のコメントを、一言一句正確に暗唱した。

「とても印象的だった。やよいちゃんは話してくれたよね？　ミラクルピースは、泣き虫だった君が心に思い描いた憧れのスーパーヒロイン。君の心の中にほんの少しだけある強い心、それがミラクルピースなんだって……」

私はこくりと頷いた。

編集長は連載開始時の私の想いをちゃんと覚えていてくれたようだ。それがせめてもの救いだった。ならば何もかも話そう。そう思った。

「私がもう描けないって言ってるのは、単にスランプだからじゃありません。アイデアが枯渇したからでもありません。連載を始めたあの頃の気持ちを失くしてしまったからです」

編集長は真剣な表情で沈黙し、私の話に聞き入っている。

「マンガの中で、ミラクルピースがどんなに逆境を乗り越えて、どんなに希望に満ちた言葉を叫んでも、作者の私自身が彼女を信じられなくなってしまったんです。ミラクルピースは私の心の中から生まれたスーパーヒロインです。けど最近は、ただ機械的に台詞《せりふ》をしゃべり、機械的に戦うだけのキャラクターになってしまいました」

曇天から雷鳴が聞こえてきた。

「なるほど……」

編集長は大きくため息をついた。

「確かに最近の『ミラクルピース』はかつての勢いがなくなってしまった。物語も、絵も、どこか無理やり描かされているような違和感がある。きっと君がひどく悩みながら描いているんだろうとは思っていたよ。……なぜかな？」

編集長はまるで十年前の私に呼びかけるように優しく訊ねた。

「なぜあの頃の気持ちを失くしてしまったのかな？」

脳裏にママの顔がフラッシュバックした。

私のママ・黄瀬千春《ちはる》は今も七色ヶ丘で暮らしている。私は五歳の時にパパを亡くして以来、ママと二人で暮らしてきた。けれど、『ミラクルピース』の連載が決まり、高校を中退してから、私は都心へ引っ越したので、今ではママは独り暮らしだ。

私はマンガの仕事が忙しいし、ママもキッズ・ファッションの会社で働いているので、私たち母娘《おやこ》は頻繁には会えない。けれど、ママはたまに私のことを心配して都心まで足を運び、この仕事場に会いに来てくれる。

その日もママは仕事場を訪れてくれた。私は締め切りの直前で、アシスタントたちと追い込みの最中だった。ママが訪ねてくるとは思わなかった私は、結局その日、原稿の仕上げに追われてしまい、ママと食事にすら行けなかった。それでもママは優しく「無理しないでね」と声を掛けて、差し入れのケーキを置いて七色ヶ丘に帰って行った。

ママにならいつだって会える。電車に飛び乗れば、七色ヶ丘にいつだって行ける。そう思っていた。

その晩遅くだった。仕事を終えた私はぼんやりとカレンダーを眺めていて、とんでもないことに気付いた。

今日、なぜママが訪ねてきたのか。その理由を遅ればせながら悟ったのだ。

私……どうして忘れていたんだろう。

パパの命日を。

パパの命日には、私とママは必ず一緒に食事をして、お墓参りに行くのが毎年の決まりになっていた。マンガ家になってからも一度も欠かしたことはなかったのに……どんなに忙しくても、年に一度、その日だけは私もママも時間を作って、天国のパパにこの一年間の報告をしに行くと決めていたのに……。私はその日をすっかり忘れ、ママとろくに話もせず、目の前の締め切りに追われていたのだ。

私はしばし放心状態だった。

気がつくと、スマホにママからのメールが届いていた。

『お仕事忙しそうですね。やよいは何だかとても疲れているように見えました。体を壊さないように気を付けてね。　ママより』

私はとりかえしのつかないことをしてしまった。ママは会社の有給を取って上京してきたのだろう。けれど、私が締め切りで忙しいのを察して、パパの命日だということを最後まで切り出せずに帰って行ったのだ。

ママの心中を思い、私は胸が痛んだ。ママは何も言わなかったけど、きっと深く傷ついたに違いない。毎年どんな時でも忘れなかったのに……。離れて暮らしていても、パパへの想いが私たち母娘をつなぎ止めていたはずなのに……。

天国のパパだけじゃない。私はママまで傷つけてしまった。

その時からだ。私は『ミラクルピース』の続きが描けなくなった。どんなにミラクルピースが悪と戦い、ヒロイックな台詞を叫んでも、それはただの絵空事に思えた。颯爽《さっそう》と逆境を乗り越えていくミラクルピースを描けば描くほど、胸が苦しくなった。だって、それを描いている私の心はズタズタで、私はミラクルピースみたいに強くもないし、とても戦える精神状態じゃないからだ。

折しも『ミラクルピース』の物語は、主人公の少女が家族を守るために戦う展開へと突入していた。主人公は悪の組織に家族を人質に取られてしまう。家族を犠牲にしてでも世界のために戦うのか、変身を解除して降伏し、家族を救うのか……ミラクルピースは選択を迫られる。ミラクルピースとして生きるのか、一人の少女として生きるのか。究極の葛《かっ》藤《とう》だ。

マンガを描きながら、私はパパとママのことを想った。

ママはいつでも笑顔で私を応援してくれる。マンガ家になり、忙しい私のことを励ましてくれる。けれど――。

私はそんなママに今まで何をしてあげられただろう？　これまで育ててくれたママに、何か親孝行できただろうか？

高校を中退し、都心のマンションに閉じこもり、延々と好きなマンガを描き続けている私は、いつの間にかママを遠ざけ、天国のパパを忘れてしまった。一番大切なものを見失い、使いきれないほどの膨大なお金を手に入れ、ただ無我夢中でマンガを描き続けている。

まるで別人のように変わってしまった私を見て、ママはどう思っているのだろう。表向きは笑顔で応援してくれているけど、本音は七色ヶ丘に帰ってきて欲しいんじゃないだろうか。昔みたいに笑顔で一緒に暮らしたいんじゃないだろうか。

幼い頃、確かにミラクルピースは私の心を救ってくれた。だけど——私は家族を犠牲にしてまで、『ミラクルピース』を描き続けなきゃいけないの？　パパやママよりも、マンガの方が大切だっていうの？　この先の人生に、一体何があるっていうの？

編集長はあごの無精鬚をいじりながら私の話を聞いていたけど、

「そうか……」

ひと言そう言って立ち上がると、私に背を向けて窓外の空を見つめた。雷鳴とともに雨が降り出していた。

「それでも私、自分を奮い立たせて描き続けてきました。自分の心にウソをついて……。わがままだって、よくわかってます。これは私だけの問題じゃない。七年間連載が続いている作品を突然終わらせることで、どれだけ大きな損失が生じるか、わかっているつもりです。でも、もう限界なんです。こんな状態では、作品を応援してくれている読者に対して申し訳なくて……。私に『ミラクルピース』を描き続ける資格はないんです。物語にはきちんと結末をつけます。だから、お願いです。自分を見つめ直す時間をいただけませんか？」

私を振り返った編集長の表情は、とても穏やかだった。その顔に、微かに天国のパパの面影が重なる。

「やよいちゃんがこんなふうに自分のことや作品への想いを語ってくれるのは久しぶりだから、正直嬉しいよ」

もっと厳しいことを言われるだろうと覚悟していた私は、胸を衝《つ》かれた。

「君はウソがつけない子だ。いつだったか、話してくれたよね？　中学生の頃、エイプリルフールの日に『転校する』ってウソをついたら、クラス中に広まってしまって、真実を言いだせなくなってしまったって話……。本当のことを言いだせずに、今までずっとつらかったんだね」

「編集長……」

私は嗚咽《おえつ》が漏れそうになる。

「いいよ。よくわかった。君が納得のいく形で『ミラクルピース』を終わらせよう。それが作品にとっても、ミラクルピースにとっても一番幸せなんだろう。もちろん、やよいちゃん、君自身にとってもね」

「ありがとうございます」

私は深々と頭を下げる。

「最終回を描き終えたら、お父さんのお墓参りに行っておいで。お母さんともゆっくり話すといい。これまでのこと、これからのこと……」

そして、編集長は言った。

「これだけは間違いなく言える。君は七年間にわたって『週刊少年スマイル』に連載を続け、歴史に残る国民的マンガを生み出した。きっと読者の心を救ったはずだ。そのことは胸を張っていい」

『ミラクルピース』の最終回――戦いを終えたミラクルピースは世界を救う使命を終え、故郷の街へと帰還する。そして、大切な家族や仲間と再会する。

その姿は、作者である私自身の分身でもあった。

最終回の原稿を描き終えた私は、七色ヶ丘に帰ってきた。

懐かしい故郷、私の生まれ育った街。駅前こそ大きなショッピングモールが建設され、様変わりしていたけど、その街は変わらずに私を迎えてくれた。

七色ヶ丘駅前書店の前に、来月末で閉店するという貼り紙がある。子供の頃によくマンガを買いにきた書店なので、ちょっぴり残念に思った。

私はママと一緒にパパのお墓参りに行くと、天国のパパにマンガの連載の終了を報告した。そして、パパの命日を忘れていたことを謝罪した。

「パパ、やよいの顔が見られてきっと喜んでいるわね」

ママは嬉しそうにそう言ってくれた。

そして、私たち母娘は家に戻り、二人で食事をした。いつ以来だろう。こうやってママと二人きりで家で食卓を囲むなんて……。締め切りから解放され、ゆっくりとママと話をするなんて……。

「七色ヶ丘の駅前、久しぶりに帰ったらずいぶん変わってたな。あっ、駅前の本屋さん、閉店するんだね？」

するとママが食事の手を止めて、怪訝《けげん》な表情で私を見た。

ん？　私、何かヘンなこと言っちゃった？

「久しぶり……？　やよい、先週も帰ってきたばかりじゃない」

「……え？」

私はママの言葉の意味が解せない。だって、七色ヶ丘に帰ってきたのは、本当に久しぶりなんだから。

「ほら、ついこのあいだよ。連載の最終回のアイデアが出ないからって、帰ってきたじゃない。駅前とか商店街をぶらぶらして……」

だんだんと私の記憶の断片が甦った。

ママの言う通り、私は確かに七色ヶ丘に帰ってきていた。『ミラクルピース』の最終回のアイデアに行き詰まり、悩んだ挙げ句、日帰りで帰省したのだ。「アイデアに困ったら自分の原点に立ち返るべし」という編集長の教えに従って……。

僅か数時間の滞在だったので、ママとゆっくり食事する暇もなかったけど、お陰で良いアイデアも浮かび、私は仕事場に戻って最終回の原稿を仕上げることができた。

つい先週の出来事だ。

「そっか……そういえば、そうだったね」

ママが苦笑する。

「やよいったら、忘れてたの？　よっぽど忙しかったのね」

「えへへ、そうかもね」

私も笑いながら、内心首を傾げる。

本当にそうなのかな？　つい先週の記憶を失ってしまうなんて、そんなことがあり得るだろうか。ただの記憶じゃない。私にとっての大切な場所、七色ヶ丘に帰ってきたという記憶が……。

私は記憶の糸を辿る。あの時、私は何をしたんだっけ？　駅前や商店街を歩いて……そうだ！　夜、お好み焼き屋へ行った。七色ヶ丘中学で同級生だった日野あかねちゃんのお店だ。あかねちゃんは、いつも太陽みたいに元気いっぱいの女の子で、中学二年生の時、校内美化週間のポスターコンクールに、私を推薦してくれた一人。

私は懐かしくなり、お店に入った。もう遅い時間で、お客さんは私一人きり。あかねちゃんは私との再会を喜び、腕を振るってお好み焼きを作ってくれたっけ。

あの時のお好み焼き、懐かしくて本当に美味しかったな。食べているうちに自然と涙が溢れてきて、『ミラクルピース』の最終回のアイデアも浮かんできた。

そして思い出したんだ。中学時代の私には素敵な友達がいたんだって……。何をするにも一緒だった友達。マンガ家になるっていう私の夢を応援してくれた友達。

終電の時間に気付いて、私は急いで店を飛び出してしまったので、あかねちゃんとゆっくり話す時間はなかった。

でも、こんなの絶対おかしいよ。あかねちゃんと再会したこと、私、どうして今まで忘れていたの？　マンガの執筆に追われていたから？　だって、大切な友達との再会だよ？　そのお陰で『ミラクルピース』のアイデアも浮かんできたのに……。

「やよい？　大丈夫？」

ママの言葉で私は我に返った。

「う、うん、何でもないよ」

私は微笑して食事を再開した。

まあ、気にするのはやめよう。これからは時間ならたっぷりある。昔のことは徐々に思い出していこう。私は目の前のママを見つめ、言った。

「今までママのこと蔑《ないがし》ろにしていてごめんね。マンガの連載は終わったから、これからはママと一緒だよ」

きっとママは喜んでくれるに違いない。そう思った。けれど、ママは複雑な表情で私を見つめている。

「やよい……今まであなたとゆっくり会えなくて、ママ、確かに寂しかった。不眠不休で何年もマンガを描いてるやよいのこと、ずっと心配だった。こうしてまた一緒に食卓を囲めて嬉しいわ。けど……本当にこれでいいの？」

「え……？」

「もうマンガは描かないの？」

ママにそれを訊《き》かれるとは思わなかった。『ミラクルピース』を完結させ、編集長には自分を見つめ直す時間をもらった。当面、マンガを描く予定はない。新作の構想もない。何より、またあの連載の日々に戻ることを思うと躊躇《ちゅうちょ》してしまう。パパのこともママのことも忘れ、また自分を見失ってしまうかもしれない。

けれど、もう二度とマンガを描かないのかと問われると、答えに窮する。これから何をすべきなのか、私には見えなかった。まるで白紙のページのように……。

私が口ごもると、ママは続けた。

「このあいだのパパの命日のことで、自分を責めているんじゃない？」

私は言葉に詰まる。ママは私の心をお見通しだったみたいだ。

「ママはやよいが選んだ道をずっと応援してる。やよいの描いたマンガ、誰よりも楽しみにしているのはママなんだから……。だからお願い。自分を責めないで。きっと天国のパパもそう言うと思うわ」

その言葉に、私は努めて明るく答えた。

「ママ、ありがとう。でも、これからのことは、ゆっくり考えるよ」


休日の公園は、親子連れやカップルで溢れていた。

私は一人、公園の緑の芝生《しばふ》に寝転がって深呼吸した。抜けるような青空、澄み切った空気、穏やかな風……。マンガの中では空想世界のドラマチックな出来事ばかりを描いてきたけど、現実の日常にはこんなにありふれた感動があったんだ。

まどろみながら、私はあらためて記憶を整理した。中学時代のこと、マンガ家になってからのこと……。私はずっと忙しくて、仲良しだった中学時代の同級生たちと会う時間もなかった。

だけど……おかしい。先日再会したあかねちゃん以外にも何人も友達がいたはずなのに、顔と名前を思い出せない。何をするにも一緒だったはずなのに……。

どうして……？　どうしてそんなに大事な記憶が欠落しているの？　パパの命日を忘れていたみたいに、私の大事なものは次々と消えていってしまうの？

そういえば、私の描いた『ミラクルピース』に、こんなエピソードがある。主人公のミラクルピースは、敵の力で記憶を消去されてしまう。彼女は自分が世界を救う正義のヒロインだという記憶を失い、普通の女の子に戻ってしまうのだ。けれど、かつて出逢った仲間たちとの再会を経て、自らの記憶と使命を取り戻す。そして再びミラクルピースに変身し、悪に立ち向かっていく。

もしかして、私の大切な記憶も、何者かによって消去されたのだとしたら……。今の私の人生は虚構で、本当の私ではないのだとしたら……。

おっと、いけない。もう『ミラクルピース』は終わったんだった。それに、現実世界でそんなマンガみたいなことが起きるはずない。私ったらもう……。

その時だった。どこかで声が聞こえた。

「歪《ゆが》んだ悪は逃さない！　正義の戦士ミラクルピース参上！」

初めは幻聴かと思った。もう『ミラクルピース』は終わったというのに、その名乗りが聞こえてくるなんて、私ったらまだマンガの世界から抜けだせないのかな……？

けれど、そうではなかった。

芝生の上で身を起こし、公園を見回すと、子供たちが歓声を上げているのが見えた。公園の野外ステージで『ミラクルピース』のショーが行われている。着ぐるみのミラクルピースと悪の怪人が、ステージ上で立ち回りを披露しているのだ。

『ミラクルピース』のショーは全国各地で行われている。私も招待を受けて、東京での公演を観に行ったことがある。でも、故郷の七色ヶ丘でもこうしてショーが行われていると は知らなかった。

客席の子供たちは、ミラクルピースの活躍に一喜一憂している。その光景を見つめながら私は目を細める。私も幼い頃はあの子供たちの中にいた。ヒーローに憧れ、ショーを観に行き、握手してもらった。あの子供たちの中からも、いつか新しいヒーローを生み出す子が現れるのだろうか。

そう思って客席を見つめていると、最後列の隅に、一人の女の子が腰掛けているのが見えた。十歳くらいの女の子で、スケッチブックを開いて黙々と何かを描いているようだ。

気になった私は、その子に歩み寄ってみた。後ろからこっそりスケッチブックを覗き込み、私は目を見開いた。

女の子が描いていたのは、ミラクルピースの絵だった。ショーを見ながら、その姿を的確に描き写している。子供とは思えない本格的なタッチで、私は思わず息をのんだ。

女の子は私の視線に気付き、振り向いた。

「うわ〜、見ちゃダメ〜！」

女の子は反射的にスケッチブックを胸に抱きしめて隠した。

その反応に私は思わず吹き出してしまった。だって、その姿は子供の頃の私にそっくりだったから。私も自分の描く絵に自信がなくて、人に見せるのが恥ずかしかった。この子もきっと同じなんだな。

「勝手に見ちゃってごめんね。すごく上手だね。びっくりしちゃった」

すると女の子は恥ずかしそうに微笑して、小さな声で言った。

「あ……ありがとう」

私が『ミラクルピース』の作者だと知る由もなく、女の子は再び黙々と絵を描き始めた。私はその女の子に興味を抱き、彼女の隣に座った。

絵を描く真剣な表情を見つめていると、ますます昔の自分を思い出してしまう。

「良かったら、他の絵も見せてくれないかな？」

彼女はスケッチブックのページをめくり、私に見せてくれた。そこには彼女がこれまでに描いてきたヒーローやヒロインの絵があった。マンガ家の私がびっくりするほど、どの絵も鮮やかで躍動的だ。よほどヒーローやヒロインが好きで、ショーに足しげく通って描き続けているに違いない。

見せてもらったスケッチブックを返す際、裏表紙に名前が書かれているのに気付いた。

——『緑川ゆい』。

私の胸がドクンと脈打った。この名前、どこかで……。

「ゆい！　お待たせ！」

元気な女性の声が聞こえ、私は顔を上げた。買い物袋を提げた長身の女性が女の子を見下ろしている。凜々《りり》しい表情とは裏腹に、頭の黄色いうさ耳のリボンが可愛い。

ゆいと呼ばれた女の子も彼女を見つめ、微笑する。

「なお姉、遅いよ！」

私はその女性を見つめ、あっと声を漏らした。

「なおちゃん！」

「ウソ……。やよいちゃん⁉」


私は公園のベンチに腰掛け、なおちゃんと二人で話した。

七色ヶ丘中学で同じクラスだった緑川なおちゃん。女子サッカー部のエースで、足が速くて、いつも直球勝負がモットー。大家族の長女で、弟や妹たちの面倒を見ていた。中学二年の時に新たに妹が生まれて、七人姉弟《きょうだい》になった。その子の名前が、ゆいちゃんだった。

『ミラクルピース』のショーは終了し、ゆいちゃんは握手会の行列に並んでいる。

「そっか。やよいちゃんが『ミラクルピース』のマンガで佳作を獲ったのは、十年前、中学二年の時か……。こんなに長く連載されることになるなんて、すごいよね」

「なおちゃん、読んでくれてたの⁉」

「もちろん！　ゆいが『ミラクルピース』のファンだからね。あの子、物心ついた頃から夢中だったんだ。十歳になった今も相変わらずショーに通ってるんだもん。付き合わされるあたしも大変だよ」

大変と言いながらも、なおちゃんは楽しそうに微笑んでいる。

握手会の行列に並んでいるゆいちゃんが、なおちゃんの方を振り向いて手を振った。なおちゃんも手を振り返す。

「やよいちゃん……ありがとね」

「……え？」

急に真顔になったなおちゃんに、私は戸惑う。

「ゆいは幼い頃から気が小さくてさ、人と上手く話せなかったし、友達もいなかったんだ。勉強も運動も苦手で、自分に自信が持てなかった。けど、絵を描くようになってから変わったんだ。時間を忘れて夢中になれるものが見つかった。少しずつだけど、他のことにも自信が持てるようになってきたんだ」

「子供の頃の私みたい……」

私は、絵を描くことをきっかけに変わっていった子供の頃を思い出した。

「本当に好きなものが見つかって、最近は毎日生き生きとしてる。これもみんな『ミラクルピース』に出逢えたお陰だと思う。ゆいは『ミラクルピース』に救われたんだ。やよいちゃんのお陰だよ」

「そんな……」

私は赤くなって身をよじらせる。

「まあ、やよいちゃんほど絵は上手くないけどね」

「ううん。まだ十歳なのにあんなに描けるってことは、才能あるよ。将来マンガ家にだってなれるんじゃないかな？」

私の心は幸福に包まれていた。

嬉しい。心からそう思った。『ミラクルピース』にたくさんのファンがいることはもちろん知っている。書店でサイン会もしたことがある。東京でショーを見に行った時も、子供たちの声援を聞いて胸が熱くなった。だけど、故郷の七色ヶ丘に、それもこんな身近なところに、私のマンガで救われた人がいたんだ。

私は編集長の言葉を思い出した。

――君は七年間にわたって『週刊少年スマイル』に連載を続け、歴史に残る国民的マンガを生み出した。きっと読者の心を救ったはずだ。そのことは胸を張っていい。

編集長の言う通りだ。それなのに、私ったら……。

「ごめんね。『ミラクルピース』の連載……終わっちゃったんだ」

私がつぶやくと、なおちゃんは頷いた。

「知ってるよ」

今日は『週刊少年スマイル』最新号の発売日。先日描き終えた最終回が掲載されているはずだ。七年に及ぶマンガの決着を、読者はどう受け止めているのだろう。

「もう描かないの？」

私はじっと考える。普段は自分の想いを言葉にするのは苦手だったけど、なおちゃんの前では素直に語ることができた。

「私ね、マンガを描くことで大切なものを見失って、どんどん心が荒《すさ》んでいったの。それで、しばらくマンガの世界からは離れようと思ってた。自分を見つめ直そうって……。でも、なおちゃんとゆいちゃんに会って、私の描いてきたマンガにはちゃんと意味があったんだって思えた。今まで『ミラクルピース』を描き続けてきて、本当に良かった。心を救われたのは、私の方だよ。なおちゃん……会えてホントに良かった」

「あたしの方こそ……」

なおちゃんは何かを思い出したように私を見た。

「『ゆい』っていう名前には、『人と人との絆《きずな》を結びつけてくれる、そんな女の子になって欲しい』っていう想いが込められてるんだ。あたしとやよいちゃんがこうして再会できたのも、ゆいの運んでくれた奇跡かもね」

「そうだね。私もそう思う」

いつしか私の頬を温かい涙が伝っていた。

「また描きたいな……マンガ」

自然とつぶやいていた。なおちゃんはパッと弾けるような笑顔で私を見る。

「ホントに？」

「まだ構想はないんだけどね」

「やよいちゃんならきっとまた描けるよ。世界中をあっと言わせるような新作」

握手を終えたゆいちゃんが、去っていくミラクルピースに手を振っている。

私となおちゃんはベンチから立ち上がった。私はミラクルピースの背中を見つめる。

「私、やっぱりマンガが好き。『ミラクルピース』はもう終わりだけど……これからも挫けそうになることがあると思うけど……。だけど、私のマンガを待っててくれるみんなのためにも、これからもずっと描き続けたい」

「それでこそやよいちゃんだよ！」

私は最後になおちゃんに一つだけお願いをすることにした。

「ねえ、なおちゃん。ゆいちゃんには私が『ミラクルピース』の作者だってこと、黙っててくれない？」

「いいけど、何で？」

私はいたずらっぽく微笑して言った。

「だって、ヒーローは正体を隠すものでしょ？　あっ、私の場合、ヒーローじゃなくてヒロインか」

私はなおちゃんとゆいちゃんに手を振った。

なおちゃんは弟妹たちの夕飯の仕度があるらしく、買い物袋を提げて去っていく。相変わらず長女として大家族を束ねているのだろう。

ゆいちゃんは、まさか『ミラクルピース』の作者が私だとは思いもしないまま、「おねえちゃん、またね！」と挨拶して帰って行った。

ゆいちゃんにはこれからも絵を描き続けて欲しい。困難にぶつかることもあるだろうけど、そんな時は思い出して欲しい。心の中にミラクルピースがいるということを……。

私は帰途についた。

その時、私の胸がまたドクンと脈打った。思い出したのだ。みゆきちゃん、あかねちゃん、なおちゃん、れいかちゃん——私たち五人はいつも一緒だった。記憶から消えていた大切な友達の存在が、なおちゃんとの再会で甦った。私がマンガ家になることを応援してくれたのも、他でもない、その四人だった。そんな大事な友達のこと、どうして……。

私、まだ何か大切なことを忘れている気がする。

その時、私のスマホが鳴った。編集長からだった。

「ちょっといいかな?」

つい先日まで頻繁に聞いていた編集長の声が、何だかとても懐かしく感じられた。

「ええ。何でしょう?」

「『ミラクルピース』の最終回、大好評だよ。社内の連中もみんな感動したって言ってる。知っての通り、長期連載の最終回は、尻窄《しりすぼ》みや肩すかしで終わることが多いんだ。けど、『ミラクルピース』は長年のファンも納得の大団円だったと思う。七年間の物語に素晴らしい決着をつけてくれたね」

「ありがとうございます」

私は安堵する。

「で、一つ気になることがあったんで電話したんだけど……。最後のページにさ、何か小さく描いてあるでしょ。小動物みたいなヤツ」

「……え?」

「俺がチェックした時は気付かなかったんだけど、これ、何?」

「……何のことでしょう?」

「トボけなくてもいいよ。どうせ悪戯《いたずら》心でこっそり描いてみたんだよね? まあ、もう掲載されちゃったから直しようがないけど、最後の最後にこんな遊びを入れるなんて、やよいちゃんも洒落てるね」

私はすぐさま近くのコンビニに入り、『週刊少年スマイル』を購入した。普段は自分のマンガを買って読むことなどないので、不思議な気分だ。

『ミラクルピース』の最後のページを開いて見る。主人公の帰りを故郷の家族や仲間たちが迎える場面だ。その家族や仲間たちの足元に、見慣れない小動物のようなキャラクターが小さく描かれていた。頭に可愛らしいピンクのリボンを二つ付けている。

犬？　猫？　狸？　子豚？　……何だろう？　こんなキャラクター、私は知らないし、描いた覚えはない。おかしい……。いつの間に描いたんだろう。アシスタントの誰かが描いたのかな？　いや、原稿は何度もチェックしたはずだ。描いたとしたら、私しかいない。

途端、眠っていた記憶がまた甦った。

キャンディ……！　これは『最高のスマイル』に登場する妖精だ。

『最高のスマイル』は、中学の同級生だった星空みゆきちゃんが描いた絵本。世界をバッドエンドに変えようとする敵からこの世界とメルヘンランドを救うため、キュアハッピー、キュアサニー、キュアピース、キュアマーチ、キュアビューティ——五人の戦士が力を合わせて戦う物語だ。

プリキュアは、私にとって憧れだった。作者のみゆきちゃんは絵本やメルヘンが大好きで、いつも笑顔でいればハッピーなことが待っているって信じている女の子だった。私はちっちゃい頃から泣き虫で自分に自信がなかったから、その子に出逢って、その絵本を読んで、心の底から勇気が湧いてきた。

それになんたって、絵本に登場するキュアピースは私がモデルなのだ。黄瀬やよいという私の名前と性格を活《い》かして、絵本の中に登場させてくれた。

あの頃は、「私もプリキュアに変身したい！」って無邪気に思った。

キュアピースは雷の属性を持つ戦士で、必殺技は「ピースサンダー」。ピースサインを頭上に掲げて、そこから雷の力をチャージして敵に向かって放つ。だけど泣き虫だから、雷の力をチャージするたびにビックリして涙目になってしまうのだ。

キュアピースの名乗りは、「ピカピカぴかりんじゃんけんポン♪　キュアピース！」と言って、「じゃんけんポン♪」の瞬間に本当にじゃんけんをする。「グー」「チョキ」「パー」――変身のたびに毎回違って、私に勝ったらその日は一日スーパーラッキー。

あ……今のは私が勝手に考えた設定。『最高のスマイル』にはそんな詳細なことまで描かれていない。

でも、なぜだろう。『最高のスマイル』の記憶を辿ると、まるで実体験したみたいに詳しく思い出すことができる。とても絵本で読んだ空想の物語とは思えないくらい……。

それにしても、私、どうしてキャンディの絵を『ミラクルピース』の最終回に描いてしまったんだろう。私の心の奥底に眠っていた『最高のスマイル』の記憶が、マンガを描きながら甦ったのだろうか。

でも、十年間も忘れていた絵本のことを、なぜ今になって？　私、キャンディにそこまで強い思い入れがあったの？

もう一度『ミラクルピース』の中のキャンディを見つめる。人間に戻って故郷に帰り着いた主人公に向かって、キャンディは何かを訴えるように飛び跳ねている。まるで危機を知らせようとしているように……。

私は驚いて二度見した。マンガの中のキャンディが、一瞬、本当に動き出したように見えたのだ。


その晩、自宅に帰った私は、昼間の出来事が気になってなかなか寝付けなかった。ママはすでに自室で就寝してしまい、辺りは静まり返っている。私は自室のベッドの中で天井を見つめる。

「……プリキュア……」

どこかで声が聞こえ、私はベッドから起き上がった。

空耳……？　私は耳を澄ます。

「……プリキュア、助けてクル……」

間違いなく声が聞こえた。

テーブルの上には『週刊少年スマイル』が開かれたまま置かれている。私は立ち上がり、ページを見つめる。『ミラクルピース』の最後のページに描かれたキャンディ……その姿が、再び動いたように見えた。

キャンディだ。キャンディが助けを求めているんだ！

私は直感的にそう思った。きっと普通の人には信じられないだろう。だけど私は確信していた。なぜなら、これは異世界ファンタジーの王道の展開だからだ。現実世界にいる主人公は、異世界のキャラクターから助けを求められて旅立つ。今の私は、その物語の主人公というわけだ。

みゆきちゃんの描いた『最高のスマイル』も、妖精のキャンディがメルヘンランドから現実世界に助けを求めにやってくるところから始まる。

「……やよい～！　……」

キャンディが私の名前を呼んだ。間違いない。キャンディが助けを求めている。『最高のスマイル』の世界が私を呼んでいる。

私は行かなくてはならない。私は絵本の世界へ旅立ち、みんなと一緒に世界の危機を救わなければならない。なぜなら私はキュアピースだからだ。物語の整合性を考えると、そうでなければ辻褄《つじつま》が合わない。というか、私がキュアピースだと考えれば、この不可思議な現象に説明がつく。

そう、私はキュアピースなんだ。けれど、キュアピースであるという記憶も、友達の記憶も失くしてしまい、今までマンガ家として生きていたのだ。

そして今、キャンディが私にSOSを送っている。理由は不明だけど、キャンディはこの世界へ直接来ることはできない。だから、その声と意思だけを私のもとへ送った。『ミラクルピース』の最後のコマに描かれたキャンディこそが、そのSOSだ。

いつかこういう瞬間が訪れるかもしれないと子供の頃から空想を抱いていた。けれど、まさか大人になって訪れるなんて……。

「……やよい！　助けてクル～！　……」

「キャンディ！　どこ⁉　どこなの⁉」

私は声を頼りに部屋を見回す。

キャンディは、みゆきちゃんの描いた『最高のスマイル』のキャラクターだ。けれど、今、その絵本はここにはない。

どうすればこの世界からキャンディのいる世界へ行けるの？　どこかに扉があるはずなのだ。何らかの扉やゲートを介して、異世界へと旅立つ。それがファンタジーの王道だ。その扉は、何気ない建物の壁とか、鏡とか、衣装ダンスとか……パターンはいろいろだ。

私は必死に記憶を遡り、『最高のスマイル』の内容を思い出そうとする。あの物語の中では、どこに扉がある設定だっけ？　どうすれば扉が開いて、異世界へ行くことができるんだっけ？

みゆきちゃんは本が大好きで……。そうだ、本棚だ！

私は部屋の本棚に向き合う。そこには、この七年間、ママが欠かさず買ってくれていた『ミラクルピース』の単行本がぎっしり詰まっている。

その本の隙間から神秘的な光が溢れてきた。やっぱりこの本棚が異世界への扉なんだ！

「待ってて、キャンディ……」

本棚に向き合っていた私は、ふと思い出して自室を出た。息を潜《ひそ》め、ママの部屋のドアをそっと開ける。ママはこれから私の身に起こることになど気付く気配もなく、ベッドでぐっすり眠っている。

「ママ、心配ばっかりかけて、ごめんね。行ってきます」

私はそっと囁《ささや》くと、ドアを閉め、自室に戻った。

枕元の太陽マンの目覚まし時計も、私を鼓舞《こぶ》しているように見える。

よし！　気合を入れると、私はあらためて本棚に向き合った。『ミラクルピース』の単行本をパズルのようにスライドさせていく。教えられたわけではないのに、なぜかやり方はわかっていた。

自分の描いたマンガが並ぶ本棚を扉にして異世界へ旅立つなんて、私ったら何てドラマチックなヒロインなんだろう。

私の体は光に包まれ、本棚に吸い込まれた。神秘的な光の空間を落ちていく。

そうだ！　思い出した！　この光の先に異空間があるのだ。そこは世界中のメルヘンが集まっているふしぎ図書館で、中学生の私たちはそこを秘密基地にしていて……。

早くそこへ行きたい。みゆきちゃんたちに会いたい。

『ミラクルピース』は最終回を迎えてしまった。だけど、私の人生はまだ終わらない。これから未知の物語を描いていくのだから。

第四章　緑川なお

あたし、家族が大好き。家族の絆が希薄化しているとか、少子化の影響で核家族化が進んでいるとか、ニュースではいろいろ報じられているけど、あたしには何のことやらって感じ。ウチの家族は古き良き昭和的な一家だからね。

あたしの自慢の家族、緑川家のメンバーを紹介しようと思うんだけど、聞いてくれるかな？　簡単には終わらないから覚悟しといてよ。何せ今どき珍しい七人姉弟の大家族なんだから。

まずはお父ちゃんの源次《げんじ》。

一家の大黒柱で、仕事は大工の棟梁《とうりょう》。普段は寡黙《かもく》で多くを語らないんだけど、粋な職人らしいべらんめえ口調で話すんだ。高身長でガタイが良くて、とにかく男の中の男って感じ。あたしも結婚するならお父ちゃんみたいな男がいいな……なんて言ったら、「お前が結婚相手を連れてきたら、俺が一発殴ってやるから覚悟しとけ」って言われちゃったよ。まいったね。

え？　あたしの結婚相手？　いないいないない。アテもないよ。ウソじゃないってば。あたしと結婚する人は苦労すると思うよ。あたし、曲がったことが大嫌いだからね。筋が通らないことがあると許せなくて、ついビシッと言っちゃうんだ。

中学生の頃、中庭で同級生たちがお昼を食べてたら、先輩たちがやってきて、「そこはあたしたちがいつも使ってる場所だから退《ど》きなさいよ」って言ってるのに出くわしてさ。

あたし、思わずビシッと言ってやったよ。「筋が通らないと思います！」ってね。お父ちゃんも曲がったことが大嫌いなんだ。あたし、お父ちゃんの性格を継いでいるのかな。

お父ちゃん曰《いわ》く、大工として一番技量が問われるのが鉋掛《かんなが》けなんだって。あたしも試しに手伝わせてもらったことがあるんだけど、まっすぐ綺麗《きれい》にかけるのは本当に難しいんだよね。心に迷いがあると、鉋がまっすぐかけられないんだ。でも、綺麗に鉋掛けができた時は気持ち良くてさ、削られた木が鰹節みたいに薄いんだ。

あたしの「なお」っていう名前もお父ちゃんが付けてくれた。中学生の頃、自分の名前の由来を調べるっていう宿題が出てさ、

「俺の願いはただ一つ。まっすぐな子に育って欲しい。だから、一直線のなお」

っていうのがお父ちゃんの説明。単純すぎると思わない？　ま、お父ちゃんらしいと思ったけどね。

次はお母ちゃんのとも子《こ》。

あたしたち七人の子供を授かって育てた肝《きも》っ玉《たま》母さん。子育ては誰にも負けない、「お母さんの大ベテラン」ってところかな。

あたしも長女だから、お母ちゃんのお手伝いを自然とするようになって、料理や裁縫を教えてもらったんだ。一番の得意料理は、「お母ちゃんカレー」。我が家のカレーはお母

ちゃんのこだわりで、隠し味にすり下ろしたりんごを入れるんだよね。何でも長野出身のお母ちゃんの実家では、代々隠し味はりんごって決まってるんだって。

今、あたし、二十四歳《とし》になったけど、お母ちゃんのすごさを実感するよ。だって、お母ちゃんがあたしの歳の頃には、もうお父ちゃんと結婚して、あたしを産んでいたんだってさ。

次は弟妹たちの紹介。

初めは長男のけいた。二十一歳で大学生。姉のあたしに似てなかなかのイケメンでさ、お父ちゃんの影響をもろに受けて、大学で建築学を学んでる。お父ちゃんには「大工になりたきゃ、早く現場に出ろ。頭でっかちになるな」なんてドヤされてる。けど、けいた曰く、「俺は建築士になりたいんだ」ってさ。このあいだこっそり教えてくれたんだけど、自分が図面を引いた家を、お父ちゃんに造ってもらうのが夢らしいんだ。お父ちゃん本人には、まだ恥ずかしくて言ってないみたい。

はるは十九歳。植物が大好きで、高校を卒業後、七色ヶ丘駅前の花屋さんで働いてる。可愛いもんだから商店街のアイドルなんて言われてちやほやされちゃって、すっかり人気者らしいんだ。

ひなは十六歳。高校生。動物が大好きで、捨て犬や捨て猫を拾ってきちゃう困った子なんだ。ちっちゃい頃に自分がしょっちゅう迷子になってたから情が移っちゃうのかな。最近は獣医さんになりたいって言ってる。

　ゆうたは十四歳。中学ではテニス部に所属していて、なかなかの腕前らしい。あたしも通った七色ヶ丘中学校だよ。何でもサッカー部に対抗心を燃やしてるみたいで、「これからはサッカーじゃない、テニスの時代だ！」って息巻いてる。いずれにしても全国大会目指して頑張って欲しいな。

　こうたは十二歳。小学六年生。お笑いが大好きで、学校でも緑川家でもみんなを笑わせてくれるお調子者。大好きな人気お笑いコンビがいて、その二人みたいに人気者になりたいんだってさ。そういえば中学生の頃、七色ヶ丘でお笑いコンテストがあって、あたしも同級生たちと出場したことがあった。その時のゲストが、こうたの好きな人気お笑いコンビだったなぁ。

　ゆいは十歳。小学四年生。人見知りで気が弱いんだけど、ヒーローが大好きで、絵を描くことだけは誰よりも得意でさ。『ミラクルピース』っていうマンガが大好きで、毎日のようにその絵を描いてる。

　そう！　『ミラクルピース』の作者は、あたしの中学の同級生なんだ。すごくない？

　このあいだ公園で『ミラクルピース』のショーがあってさ、ゆいと一緒に行ったら、その子にばったりと再会したんだよね。その子も小さい頃からヒーローが大好きで、名前は……。あれ？　思い出せないなぁ。何でだろう……。

ま、とにかく、以上があたしの家族。お父ちゃんとお母ちゃん、それにあたしたち姉弟七人で、九人家族。あと二人加われば、サッカーのチームができるんだけどねぇ。

あたし？　あたしの話はいいよ。特に話すようなことはないからさ。

え？　自分の話だけしないのは筋が通らない？

うッ、それを言われるとつらいなぁ。本音を言うと、話したくないんだ。あんまり振り返りたくないからさ。

あたしらしくない？　よし、わかった。話してあげるよ。

あたし、なおは二十四歳。七色ヶ丘にある緑川家で、家族みんなで暮らしている。

……って、それだけじゃあ説明になってないよね。わかってるって……。

「なお先輩！　おはようございます！」

芝生の上を駆けてきた後輩の声で、あたしは現実に引き戻された。チームを牽引《けんいん》する主将のありさだ。

「おはよう！　ありさ！　今日も調子良さそうじゃん！」

「はい！　あたしたち、まだまだ直球勝負で頑張りますよ！」

「その意気その意気！　ファイトー！」

ありさはボールを蹴りながら、すでに練習を始めているチームの仲間たちに合流する。

七色ヶ丘の郊外にあるサッカーグラウンド。清々《すがすが》しい空に、芝生の緑が生える。ジャージ姿のあたしは、練習に励む後輩の女子たちに檄《げき》を飛ばす。

「ありさ！　今のは正面突破で直球勝負だよ！　さくら！　もっと間合《まあ》い詰めて！　るい！　あんたがディフェンスに回らなきゃ！」

選手たちは「はい！」と元気に答える。選手の一人が「やっぱなお先輩、おっかないなぁ」と苦笑している。

「こら！　そこ、無駄話しない！　集中集中！　そんなんじゃ今度の練習試合に間に合わないよ！」

汗を流す若い後輩たちを見つめて、あたしは感慨に浸る。

あたしも二年前までは、この大学の女子サッカー部のメンバーだった。

高校時代に女子サッカーで全国大会出場を果たしたあたしは、惜しくも優勝は逃したけど、準優勝という好成績を残した。七色ヶ丘はもともと中学も高校も女子サッカーが盛んな街で、強豪校が揃っている。けど、あたしの通っていた七色ヶ丘高校が全国大会で準優勝するのは、過去最高の成績だった。

あたしは得点王にも輝いたお陰で、なでしこリーグのチームや大学のサッカー部からスカウトを受けた。チームメイトたちは「すごい！」って盛り上がってくれたんだけど、あたしは全てのスカウトを断って、この七色ヶ丘国際大学に進学することにした。

チームメイトたちは「もったいない」「もっと可能性を試せるチームがあるのに」って口々に言ったけど、あたしの意志は変わらなかった。

なぜ断ったかって？　理由は決まってる。この七色ヶ丘の街が好きだからさ。生まれた時からこの街で暮らして、この街の学校に通い、この街の商店街で買い物をして、この街でたくさんの友達を作った。

それに何より、家族と離れ離れになって暮らすのは嫌だったんだ。七色ヶ丘国際大学なら家から通学できるし、練習場のサッカーグラウンドも近くにある。中学から顔なじみの選手たちも何人もいる。他のクラブチームや大学を選んでいたら、家族と離れて独り暮らしをしなきゃいけないからね。独り暮らしにはお金もかかるから、家の経済的負担が大きくなる。だったらこの街で大学に進学して、大好きなサッカーを続ける方がいい。あたしはそう思ったんだ。

それに、強豪チームや強豪校へ入って勝つことがあたしの目標じゃない。あたしは純粋にサッカーが好きなんだ。勝つことよりも、信じられる仲間たちと一緒に楽しくプレーしたい。

そういうことを言うと「変わってる」って言われるんだけど、あたしの中では筋の通った生き方なんだ。

大学では特にパッとした成績は残せなかった。けど、あたしはこの大学とこのチームが大好き。だから、卒業した今は、資格を取って、このチームのコーチとして後輩たちの指導に当たっている。

大学を卒業した今も、なでしこリーグのチームから「アシスタントコーチとして働かないか？」って誘いがある。けど、あたしは興味ない。ここがあたしの居場所だからね。

ワールドカップ優勝後、女子サッカーの人気はうなぎ上りで、なでしこジャパンを目指す若い選手は増え続けている。この七色ヶ丘からも、新しい才能が生まれて、いずれ世界の舞台で活躍するかもしれない。そう思って、時に楽しく、時に厳しく、後輩たちの育成に励んでいるんだ。

え？　もうプレーはしないのかって？　うん……その話はやめておこう。

なぜかって？　別にいいじゃないか。誰にだって触れられたくない過去はあるもんだよ。

陽が落ちて、練習を終えた後輩たちが汗を拭《ふ》きながらグラウンドから帰って行く。

「なお先輩！　今日もありがとうございました！」

「ご指導、参考になりました。またよろしくお願い致します！」

頭を下げる後輩たちに、あたしは手を振って答える。

「みんな、お疲れ様！　練習試合も近いんだから、今夜はゆっくり休みなよ！」

「はい！」

去っていく後輩たちを見つめて、あたしは思う。

チームって素晴らしい。あの子たちはあたしがプレーしていた頃よりも確実にレベルが向上しているし、チームの結束力も上がってきている。このままいけば、全国大会優勝も夢じゃないだろう。

いや、大事なのは勝敗じゃない。勝ちにこだわらなくてもいい。あの子たちなりのチームワークで、全力で立ち向かえば……。

そういえば、中学二年の頃、クラス対抗のリレーに友達五人で出場したことがあったっけ。中学時代の最も印象に残る想い出の一つだ。中には走るのが得意じゃない子もいて、「このメンバーじゃ勝てない」って意見もあったんだけど、あたしは「みんなで一緒に走りたい」って主張したんだ。勝つことだけが全てじゃない。もっと大事なことがあるって思ってね。

結局、アンカーのあたしがゴールの直前で転倒しちゃったんだけど、一緒に走った友達がゴール地点であたしを温かく迎えてくれた。あたし、ボロ泣きしちゃったよ。あれは一生の想い出だし、あの時の仲間はあたしにとって永遠の宝物だよ。

一緒に走った友達、今でも元気にやってるかな……。

でも、何でだろう。一緒に走った四人のこと、思い出せない。おかしいな……。

ん……？

その時、あたしは気付いた。陽が落ちた芝生の上に、一枚のタオルが落ちている。練習中に使って、誰かが忘れていったものだろう。

全くもう……。

あたしはタオルを拾い、後輩たちが着替えをしている更衣室へと向かった。

更衣室のドアの窓から中の灯りが漏れている。後輩たちがおしゃべりする声も聞こえてくる。

良かった。まだみんな帰っていないようだ。

あたしが更衣室のドアの前で立ち止まり、ノックをしようとした、その時だった。中からこんな話し声が聞こえてきた。

「ぶっちゃけ、どう思う？　なお先輩」

主将のありさだ。他の後輩たちが口々に答える。

「ちょっとうざいよね。熱心だし、後輩想いなのはありがたいんだけど……」

「ダメだよ。そんなこと言っちゃ。せっかく親切心で指導引き受けてくれたんだから」

「そうだよ。なでしこリーグからもアシスタントコーチの誘いがあるのに、それ断って、わざわざ母校のためにボランティアで来てくれてんだよ？　感謝しなきゃ……」

聞くべきじゃなかった。だけどあたしは息を殺して聞き耳を立ててしまう。

「けどさ、なお先輩はもう卒業したわけでしょ？　いい加減、あたしたちだけで練習したいよね？」

「言えてる。卒業した人にいつまでも口出しされてもねー」

「なお先輩って、高校時代に全国で得点王だったんですよね？　そもそも何でウチの大学なんかに入ったんですか？」

「いつも言ってるじゃない。『勝ちにこだわる必要はない。みんなでプレーしたいんだ』って……」

「もったいないですよね。どこかのクラブチームとかに入ってれば、今頃もっと活躍してたんじゃないですか？」

「それは間違いない。なでしこジャパンに入って世界と戦ってたかもね」

「それに、あんな目に遭《あ》うこともなかったでしょうに……」

「あんな目って……？」

「決まってるじゃない。例の右足……」

あたしの右足が微かに疼《うず》いた。

「今だって、ホントは自分が果たせなかった夢をあたしたちに託そうとしてるんじゃない？」

「そうなの？　でも、それって余計なお節介《せっかい》だよね……」

あたしはドアの前で凍り付いて聞いていた。けれど、これ以上話の続きを聞く勇気もなく、そっと踵《きびす》を返し、疼く右足を引きずって立ち去った。


大人になって、一つ気付いたことがある。

大人という生き物は、決して強くない。子供や若者の前では弱さを見せないように振舞っているだけなのだ。父親とか、教師とか、憧れの先輩とか……そういう人たちも、みんな一人の人間で、悩んだり、苦しんだりする。落ち込んだり、泣いたりもする。

あたしは子供の頃、弟妹たちの頼れるお姉ちゃんになろうとした。高校や大学のサッカー部では、みんなを率いる主将になってチームを束ねようとした。今はコーチになって、大学の後輩たちを指揮しようとしている。

だけど、大人になってわかった。完璧な人間なんかいない。むしろ、大人になればなるほど悩みも増える。挫折も増える。泣きたいことは山ほどある。けれど、人の上に立つ者は、弱さを見せることはできない。

あたしは夜道を歩きながら、先ほど立ち聞きしてしまった後輩たちの話を思い出していた。

チームのためを思い、今まで良きコーチとして指導に当たってきたつもりだった。後輩たちの頼れる先輩として貢献してきたつもりだった。

けれど、今日、現実を思い知った。後輩たちは、あたしの指導なんかちっとも望んじゃいなかったんだ。清々しい笑顔の裏で、あんなことを考えていたんだ。

明日からどんな顔でグラウンドに行けばいいのだろう。あたしは頼れるコーチとして振る舞えるだろうか。何も聞かなかったフリをして、いつも通りに後輩たちと話せるだろうか。それとも……。

七色ヶ丘の駅前は最近開発が進み、大きなショッピングモールができた。今も区画整理の最中のため、夜でも資材や土砂を運ぶトラックが行き来している。

そういえば、お父ちゃんが若い頃に建てた駅前の家も、区画整理のせいでもうすぐ取り壊しになっちゃうって言って、寂しがってたな……。

不意にあたしは足がすくんだ。

暗闇を切り裂いて、眩《まばゆ》い光があたしを照らしたのだ。ぼんやりと歩いていたあたしは、大型トラックの接近に気付かず、信号のない横断歩道を渡っていた。

恐怖に体が硬直し、身動きできない。眼前に迫るトラックが、まるで怪物のようにけたたましい咆哮《ほうこう》を上げている。

いや、咆哮ではない。クラクションだ。その音に、あたしは戦慄する。この光、この音

……二年前のあの瞬間と同じだ。

目の前の大型トラック、辺りを照らすライト、鳴り響くクラクション。

けれど、足が言うことを聞かない。二年前までのあたしだったら、こんなトラック余裕でかわせるのに。悔しい。切ない。もうダメだ……。

途端、鋭い声が聞こえた。

「なお！」

誰かに思い切り腕を引っ張られ、あたしは路面に倒れ込んだ。

間一髪で、あたしの鼻先を大型トラックが猛スピードで走り去って行く。

土埃の舞う中、あたしは放心状態でトラックを見つめていた。けれど、我に返り、あたしを死の淵《ふち》から救ってくれた人を振り向いた。

清楚《せいそ》な女性が、呼吸を整えながらあたしを見つめていた。きっとあたしを助けるために全力で走ったのだ。澄んだ瞳が美しい。その顔には見覚えがあった。

彼女のことは、昔からよく知っている。

その名前を思い出し、あたしは笑顔で叫んだ。

「――れいか⁉」

どういう理由かわからないけど、あたしは幼なじみのれいかの存在を、この瞬間まですっかり忘れていた。れいかとは幼い頃から仲良しで、七色ヶ丘中学でも同じクラスだった。体育祭のリレーの時も一緒に走った仲間だ。

れいかは、七色ヶ丘では有名な良家・青木家の娘だ。弓道と書道が得意で、おしとやかで言葉遣いも綺麗な美人。中学時代、律儀《りちぎ》に友達を「さん」付けで呼んでいたけど、幼なじみで付き合いが長いあたしのことだけはずっと「なお」と呼び捨てで呼んでくれる。あたしはそのことが嬉しかった。

「なお、久しぶりですね」

その笑顔も子供の頃から変わらない。男子生徒にモテモテだったもんなぁ。

「れいか、助かったよ、ありがとう」

れいかは今、七色ヶ丘中学校で教師として働いているという。中学時代は、学級委員や生徒会長もしていたからなぁ。れいかにお似合いの仕事だ。きっと生徒たちに大人気なんだろう。

あたしはれいかを連れて帰宅した。

「みんな！　ただいま！」

あたしの声を合図に、弟妹たちがバタバタと家から駆け出してきた。

「なお姉、お帰り～！」

「みんな、整列！」

あたしの掛け声で、弟妹たちは横一列に並ぶ。昔からの恒例だ。

「ったく、大学生にもなってこんなことするの恥ずかしいよ。部活じゃあるまいしさ」

長男のけいたが苦笑しながらボヤく。

「つべこべ言わないの。けいた、はる、ひな、ゆうた、こうた、ゆい！　みんな相変わらず元気だよ」

「れいかちゃんだ！　久しぶり～！」

弟妹たちはれいかを囲んで歓声を上げる。れいかはもみくちゃにされながらも笑顔で応えている。

あたしはゆいの姿だけ見えないことに気付いた。

「ゆいは？」

けいたが答える。

「ゆいなら、部屋で一人で絵を描いてるよ」

「ったく、相変わらずマイペースなんだから……」

あたしの家は、十年前、ゆいが生まれてしばらくしてからお父ちゃんの手によって増築された。成長した家族全員が暮らすには狭すぎたからだ。今は部屋の数が増えて、二階にあたしの個室がある。

あたしとれいかは部屋に入り、二人きりになった。

れいかの顔から笑みが消え、真剣な表情で訊ねる。

「なお、一体何があったんですか？」

「何？　あらたまって……。れいかこそ、どうかしたの？」

「急になおのことを思い出したんです。それで会いたくなって……」

「え？　何それ？」

あたしは苦笑する。でも、れいかは真剣そのものだ。あたしの足をじっと見つめている。

「足、どうしたんですか？」

「え……？　足？　別に何も……」

「隠してもダメです。何があったのか、話して下さい。もしかして、怪我《けが》をしているんじゃないですか？」

右足が微かに疼くのを感じる。そのことには触れられたくなかった。

「……何でわかったの？」

「足が速くて度胸のあるなおが、トラックのクラクションに立ちすくんで動けなくなるなんてヘンです。それに、さっき階段を上がる時、少しだけ右足を庇《かば》っていたでしょう？」

れいかには隠し事はできないか。いつも頭の回転が速くて、人の気付かないことにも気付く。それがれいかだった。

しょうがない。あたしはしぶしぶ話すことにした。

「大したことじゃないよ。二年前に事故に遭って、それでちょっとね……」

いや、ちょっとね、で済まされる程度の事故ではなかった。

あの日は霧の濃い夜だった。あたしが大学のサッカー部の練習を終えて帰宅すると、お母ちゃんが血相を変えて家から飛び出してきた。

ゆいが絵を描きに近所に出掛けたまま、行方がわからなくなってしまったという。弟妹たちがしょっちゅう迷子になっていたので慣れていたけど、濃霧があたしの不安を煽《あお》った。

家族総出で探し回り、ゆいの名前を叫んだけど、いっこうに見つからない。

あたしが途方に暮れて夜道を歩いていると、前方の霧の中を歩いているゆいが見えた。ゆいはスケッチブックを開いて見つめながら歩いている。

良かった。見つかった。

そう思ったのもつかの間、そこへ大型トラックが突っ込んできたのだ。信号のない横断歩道。ゆいはトラックに気付かない。

「――ゆい！」

あたしは叫び、ゆいに向かって必死に走る。ゆいはトラックの存在にも、あたしの声にも気付かない。けたたましいクラクションがあたしの声を遮っているのだ。

スケッチブックのページを見つめて、ゆいはなぜか幸福そうに笑っている。

ゆいったら、全く本当に絵が好きなんだから。一体何を描いたの？　何をそんなに笑顔で見つめているの？

そう思いながら、あたしは人生最速の俊足でゆいのもとへ駆ける。

ゆいが顔を上げ、やっとトラックに気付いた。でも、もう遅い。このままでは轢《ひ》かれてしまう。

その時、ゆいの開いていたスケッチブックのページが見えた。そこには、サッカーをするあたしの絵が驚くほど鮮やかに描かれている。

ゆいったら、いつの間にそんな絵、描いたんだろう。いつもは好きなヒーローとかヒロインの絵ばっかり描いてるくせに、よりによって何であたしのこと……。

そうか。先日家族みんなでサッカーを観に来てくれた時に、こっそり描いたんだね。あたしの練習試合、応援に来てくれて嬉しかったよ。あの時、とびきりの笑顔で言ってくれたよね。

――なお姉はあたしにとって一番のヒーローだよ。

もう、ヤだ。照れくさいじゃないの。

ああ、でも間に合わない。ゆいが轢かれてしまう。大切な家族が……可愛い妹が……。

神様、お願い。ゆいの命を奪わないで……。

トラックが衝突する寸前、あたしは間一髪でゆいを突き飛ばした。

急ブレーキの音が辺りに響き渡った。ゆいの手から落ちたスケッチブックが宙を舞う。

ゆいは無傷だった。助かったのだ。しかし、代わりにあたしが撥《は》ね飛ばされた。

その瞬間、あたしは思ったんだ。

ああ、良かった。ゆいの命が助かった。あたしはゆいにとってのヒーローなんだ。何としても守り抜かなきゃいけないんだ。その願いは果たせたんだって……。

命を落とさなかったのは奇跡だ、とお医者さんは話してくれた。打ち所が悪ければ即死だったという。当然だよね。あんなデカいトラックに撥ね飛ばされたんだから。

あたしは類《たぐ》い稀《まれ》な運動神経のお陰もあり、かろうじて右足を骨折するだけで済んだ。けど、三日後に全日本大学女子サッカー選手権大会を控えていたあたしは、その瞬間、サッカー選手としての未来を絶たれた。

あたしは二ヵ月の入院生活を余儀《よぎ》なくされた。退院してみると、当然もう大会は終わっていて、サッカー部の同級生たちは引退してしまい、後輩たちが次なる目標に向けて走り出していた。

今でも後遺症で、昔のように颯爽と走ることはできない。夜道で車のライトを浴びたり、クラクションを聞いたりすると、あの事故の瞬間がフラッシュバックする。足がすくんで咄嗟《とっさ》に身動きができなくなる。子供の頃は虫が苦手だったり、お化けが怖かったりしたけれど、大人になって大きなトラウマが加わった。

「なおの身にそんな大変なことがあったなんて、全然知りませんでした……」

話を聞いていたれいかはつぶやいた。

「ごめんね。もう二年も前のことなのに、れいかに何も話してなかったね」

「今まで会う機会がなかったのですから当然です」

あたしはれいかを見つめて真摯《しんし》に言う。

「でも、あたし、ゆいの命が助かって本当に良かったって思ってる。ゆいは大切な家族の一員だからね。お姉ちゃんのあたしが守ってあげなくちゃ……。それにあたしは今、大学のサッカー部で後輩たちのためにコーチとして頑張ってるんだ。あたしはあたしのできることを精一杯するまでさ」

もっとも、今日、その後輩たちの本音を聞いてしまった。その傷心の最中《さなか》にトラックに撥ねられそうになったわけだけど……。

「なおは家族のことも、後輩たちのことも、大好きなんですね」

「うん。大好き」

あたしは心の底からそう思った。れいかの表情が微かに曇《くも》る。

「けど、そろそろ卒業することも必要なのかもしれません」

「え？　卒業……？」

れいかはそれ以上何も言わない。ただ意味深《いみしん》な笑みを浮かべている。あたしにはれいかの言葉の意味が理解できない。

「ヤだなぁ。あたしは卒業なんてしないよ？　だって、家族も、サッカー部も、あたしのいるべき場所だし、みんなのこと大好きだし……」

「ずっと同じ場所にとどまっていることが正解とは限りません。時には新しい自分になるために旅立つ。それも必要なことじゃないかしら？」

大人になって、れいかの言葉には以前にも増して説得力が加わった。まるで悟りの境地に達した人みたいだ。

あたしがぼんやりと言葉の意味を考えていると、れいかがまた口を開いた。

「ところで、もう一つ、なおに聞きたいことがあります。とても大事なことです」

「何？　あらたまって……」

もしかすると、こっちが本題なのかもしれない、とあたしは思った。

「みゆきさん、あかねさん、やよいさんのことを覚えていますか？」

途端、眠っていた記憶が微かに目覚めかけた。

……あれ？　あたし、何か大事なこと、忘れてる。ここまで出かかってるんだけど何だっけ……。

「みゆき、あかね、やよい……聞いたことはある気がするけど、えっと……」

「覚えていないのですね？」

念を押すように、れいかはあたしの顔を覗き込む。

「うん、悪いけど。誰だっけ？」

れいかはあたしの部屋を見回す。視線の先の本棚には、あたしが買い集めたサッカーの雑誌や指導書に交ざって、一本の映画のＤＶＤがある。『妖怪オールスターズＤＸ《デラックス》』というタイトルの、時代劇と特撮を融合したエンターテインメント作品だ。中学二年生の頃、クラスの友達と時代劇映画村を見学に行ったことがある。ちょうどこの映画の撮影現場に遭遇したあたしたちは、ひょんなことから監督に気に入られ、何と映画に出演することになってしまったのだ。それもエキストラという範疇にとどまらず、友達みんなで脚本を無視して縦横無尽に演技した結果、監督に大絶賛されてしまった。あたしはくノ一の役で出演して、れいか演じるお姫様を守るという設定だった。

れいかはおもむろに立ち上がると、その映画のＤＶＤを取り出し、部屋のテレビをつけて再生した。映画の中で、ポップという名の可愛らしい少年剣士が悪い妖怪を相手に大立ち回りを披露している。そうそう、思い出した。あんなに張り切って演じたのに、完成した映画にはあたしたちの出演したシーンはほとんど使われていなくて、試写会で落胆したんだっけ。でも楽しかったなぁ。それにしても、このポップっていう少年剣士、一体何者だっけ？　映画に出る前から知っていたような……。

あれ？　ちょっと待てよ。あの時一緒に見学に行って映画に出演した友達って、誰だったっけ？　れいかの他に、確かもう三人いた気がするんだけど、どうして思い出せないんだろう。

れいかはリモコンでDVDを最後のチャプターまで飛ばすと、エンドロールを再生した。そこに出演者やスタッフの名前が表示される。映画にはほとんど映っていなかったけど、出演したあたしたちの名前もちゃんとあった。あたしとれいかの他に、『星空みゆき』『日野あかね』『黄瀬やよい』の名前が……。

映画が終わると、れいかはあたしを振り向いて言った。

「私たちと同じクラスだった、大切な友達です」

その瞬間、あたしは思い出した。あたしたち五人は大の仲良しで、何をするにも一緒だった。リレーの時、一緒に走ったのもこの五人のメンバーだ。

それに、先日公園で再会したやよいちゃん……彼女こそ、ゆいの大好きな『ミラクルピース』の作者だ。やよいちゃんのマンガのお陰で、ゆいは自分に自信を抱き、一歩前へ進むことができたんだ。そのことを話したら、やよいちゃんも感激していたっけ。

「ヤだなぁ、あたしったら、何で忘れてたんだろう」

「やはり、なおも一緒ですか……」

れいかがじっと物思いに耽《ふけ》っている。

「『やはり』ってどういうこと？」

「私も忘れていたんです。なおのことも、みゆきさんたちのことも……」

「え？」

「ですが、あるきっかけで、記憶が抜け落ちていることに気付いたんです。おかしいと思いませんか？　そんな大切な友達の存在を、私たちはなぜ忘れていたんでしょう？　中でも私となおは小さい頃からの幼なじみ……。忘れてしまうなんて不自然です。その原因を調べるために、なおに会いに来たんです」

あたしはゾッとした。あたしだけじゃなくて、れいかも記憶が消えている……？　そんなことが起こり得るんだろうか。

その時、部屋の外で声が聞こえた。

「なお姉！　夕ご飯できたよ！」

はるの声だ。最近は料理の腕を上げて、お母ちゃんカレーの味を見事に再現している。

「今行くよ！」

話はそこで中断された。

れいかも一緒に我が家の食卓を囲み、あたしたちは中学時代の想い出話に花を咲かせた。京都と大阪の修学旅行の晩、一緒に枕投げをしたり、好きな人を告白したりしたこと、文化祭でファッションショーをしたこと、れいかが生徒会長選挙に立候補した際、みんなで応援したこと……。

けれど、まだ何か重大なことを忘れているような気がして、最後まで不安を払拭することはできなかった。

翌日、大学のサッカー部の練習が休みだったあたしは、早めに夕飯の買い物に出掛けた。商店街での買い物を終えて、ぶらぶらと公園を散歩する。

正直、今日サッカー部の練習が休みで良かったと内心安堵していた。昨夜後輩たちの本音を聞いてしまった以上、いつも通りに後輩たちと接する自信がなかったのだ。

公園を歩いていたあたしは、ベンチに腰掛けているゆいに気付いた。ランドセルを下ろし、スケッチブックを開いて絵を描いている。学校帰りのゆいは、よくここで絵を描いているいることを思い出した。

ちょうどいいや。一緒に帰ろう。そう思って歩み寄ろうとした時だった。

ゆいの同級生とおぼしきランドセルを背負った男の子たち三人組が、ゆいのもとへ近寄った。男の子の一人がニヤつきながらゆいのスケッチブックを取り上げる。

「あ～！　見ちゃダメ～！」

ゆいが大慌てで取り返そうとしたけど、もう遅い。ゆいが描いていたのは、『ミラクルピース』の絵だった。

「うわー、ダサっ！　こいつマンガの絵、描いてるよ」

「高学年にもなって描く絵じゃねーだろ」

「緑川って、ホントいつまでもお子ちゃまだよなー」

男の子たちの嘲笑《ちょうしょう》が響き渡る。ゆいは悔しそうにじっと唇を噛《か》み締めている。

あたしはカチンときて、すぐさま歩み寄った。

「こら！　男三人で女の子取り囲んで、卑怯《ひきょう》じゃないか！　妹に文句があるなら、あたしが相手になるよ！」

その剣幕にびっくりした男の子たちは、「やべっ」と口々につぶやくと、スケッチブックをあたしに押しつけ、一目散に逃げ帰って行った。

あたしは男の子たちを見送りながらため息をつく。

「ったく、あいつら何なんだよ」

ゆいは人と上手く接することができないので、学校では同級生にからかわれることが多かった。最近は絵を描くという特技のお陰で、学校にも居場所ができたと喜んでいたはずだったけど、まだあんな意地悪なヤツらに絡まれてるのか……。

あたしはゆいに向き直る。

「ゆい、大丈夫？　ほら、一緒に帰ろう」

しかし、ゆいはじっと俯《うつむ》いて体を硬直させている。

「あいつらに言われたこと、気にしてるの？　もー、あんなの気にすることないってば。ゆいの絵が上手いから妬《や》いてんだよ。可愛い子にはちょっかい出したくなる年頃だしね。それにあたしみたいにカッコいい姉がいるのが羨ましいのかな？　アハハハ……」

「そうじゃない……」

ゆいがあたしの声を遮る。いつもとは違った声色だ。

「え？」

「なお姉に助けて欲しいなんて頼んでないし……。いつまでもあたしに構わないでよ」

その声が微かに震えている。

「ゆい……学校で何かあったの？」

ぶっきらぼうにスケッチブックを受け取ると、ゆいは遠くを見つめる。

「話してみなよ。言いたいことがあるならさ」

ゆいは自分の想いを言葉にするのが苦手だ。けれど、あたしが真摯に向き合えば、心を開いてくれる。ゆいはぽつぽつと語り始めた。

「今日、学校で友達があたしの陰口言ってるの、聞いちゃったんだ……。あたしはいつまでもなお姉に頼り切ってる。四年生にもなって、なお姉がいなきゃ何もできない。末っ子だからって、家族に甘えてるって……」

「なぁんだ。そんなことか。そんなヤツらの言うこと、気にする必要ないよ」

「でも、あたし、思ったの。確かにその通りかもしれない。あたし、今までなお姉に頼りすぎだったんじゃないか。あたしのせいで、なお姉に迷惑かけてるんじゃないかって……」

「迷惑だなんて思ってないよ。姉が妹の心配をするのは当然じゃないか」

それが本心だった。けれど、ゆいは続ける。

「でも、あたしのせいでなお姉は事故に遭った……。あたしのせいでトラックに撥ねられて……あたしのせいで、もうサッカーが……。本当はあの時、あたしがトラックに撥ねられるはずだったのに……」

「ゆい！　それ以上言ったら怒るよ！」

ゆいはようやく口をつぐんだ。やがて、目に涙を浮かべてあたしを見上げる。

「なお姉、ごめんね。あたしのこと心配してくれて、とっても嬉しい。でも、なお姉がいるせいで、あたし、いつまでもお子ちゃまってバカにされるの……。だからお願い……もうあたしには構わないで。あたし、一人で何でもできるから……。もう子供じゃないから……。なお姉のお節介は必要ない！」

そして、胸にスケッチブックをぎゅっと抱きしめると、背を向け、一人で走り去って行った。あたしは立ち尽くしたまま、ゆいの背を見つめることしかできなかった。

不思議な記憶がある。十年前、ゆいが生まれた日のことだ。

お母ちゃんが出産のために病院に行っている間、あたしが代わりに弟妹たちの面倒をみることになった。お母ちゃんカレーを再現しようと思って、姉弟みんなで買い物を済ませて、いざ調理って時になって気付いたんだ。隠し味のりんごを買い忘れちゃったってこと。

しかも、気がついたら、妹のひなと弟のゆうたが家からいなくなっていた。二人はあたしに黙ってりんごを買いに出掛けたんだ。迷子には慣れてたけど、どこを探しても見つからなくて、心配で心配で……。河原で無事に二人を見つけた時は心の底からほっとした。けど、不思議なんだ。あの時、二人は何者かに捕らわれていて、あたしはそいつから二人を命懸《が》けで救出した気がするんだけど……。あの時、一体何があったんだっけ？　弟妹たちは誰に捕らわれて、あたし、どうやって救出したんだっけ？

以前、こうたにその話をしたら、あいつ、こんなことを言ってた。

「なお姉が変身して敵を倒したんだよ」

「……変身？　何の話？」

「スーパーヒロインに変身して、俺たちを救ってくれたんだ」

すると他の弟妹たちも口々に言った。

「あたしも見た！　なお姉ちゃん、カッコよかった！」

「すごく不思議な夢だったなぁ……」

こうたの言葉に、あたしはずっこけた。

「なぁんだ、夢の話か。驚かさないでよ、全くもう……」

でもね、不思議なのはそれだけじゃないんだ。その場にいた弟妹たちが、みんな同じ夢を見たって言ってる。全員、あたしが変身して戦う夢を見たって言い張るんだ。そんな不思議なことってあり得る？

あの日の出来事に、あたしの忘れている記憶の鍵がある。そんな気がする。

それに、一つだけ間違いないことがある。

あの日、あの瞬間、あたしは弟妹たちを救うために勇気を振り絞った。家族のために、命懸けで立ち向かった。その想いだけは、間違いなく心に刻まれている。

そして、あの日、生まれたんだ。かけがえのない命が……。大好きなゆいが……。

ひんやりとした夜風が庭を吹き抜けていく。

あたしは庭先で星空をぼんやりと見上げながら、昼間のゆいとの会話を思い返す。

生まれた時から可愛がっていたゆい……。気弱で人と上手く話せなかったゆい……。絵を描くことが好きになって、少しずつ心を開くようになっていったゆい……。

——なお姉はあたしにとって一番のヒーローだよ。

二年前、サッカーの練習試合を観に来てくれた時にそう言ってくれた、大好きなゆい……。

彼女は帰宅した後、自室に閉じこもったまま、出てこない。

あたしは姉として、ゆいに干渉しすぎたのだろうか。これからゆいにどう接していったら良いのだろうか……。

あたしは大きくため息をつき、俯く。

今、あたしの手の中には一通の封書がある。東京のなでしこリーグのとあるチームから、「アシスタントコーチとして働かないか?」と以前から打診を受けていた。そのチームの事務局から再びオファーが来た。

コーチを引き受けるとしたら、七色ヶ丘を離れ、東京で暮らさなければならない。家族や母校の後輩たちと離れ離れにならなければならない。ゆいを置いて旅立たなければならない。そんな無責任なこと、あたしにはできない。それに何より、あたしはこの街も、家族も、後輩たちも、大好きだから……。

だけど――。

気がつくと、鉋をかける規則的な音が聞こえている。

星空の下、お父ちゃんが鉋掛けをしている。黙々と鉋を前後に動かすたびに、お父ちゃんの大きな背中が揺れる。そのたびに、鰹節みたいに薄く材木が削られていく。お父ちゃんが家で鉋掛けをするなんて珍しい。あたしは思わずその姿に見とれてしまった。

カッコいい。完璧な大人なんてこの世にいないんだって思うけど、お父ちゃんはいつだって毅然《きぜん》としていて、悩みなんて何もないように見える。あたしもいつかそんな大人になれるんだろうか。

あたしの視線に気付いたのか、お父ちゃんは手を止めるとこっちを振り向いた。

「なお、やってみるか？」

そう言って、ごつい手で鉋を掲げてみせる。

「え？　あたしはいいよ」

「いいからやってみろ」

お父ちゃんは有無を言わさず、鉋をあたしに手渡した。まるであたしを試そうとしているみたいだ。

しょうがないなぁ。お父ちゃんは一度言い出したら聞かないんだから……。

あたしはしぶしぶお父ちゃんの見ている前で鉋掛けを始めた。けれど、お父ちゃんみたいに綺麗に削ることはできない。削った鉋屑《くず》は、途中で途切れてしまう。

お父ちゃんは師匠になったような顔つきで、腕組みしてあたしをじっと見つめている。

「迷いがあるみてえだな」

お父ちゃんに心を見透かされ、あたしはムッとする。

「しょうがないでしょ。鉋掛けなんて、もう何年もやっていないんだから……」

だから心の迷いなんか関係ない。そう言いたかったけど、図星なのはわかっていた。

「集中しろ。そうすりゃお前のまっすぐな性格通り、綺麗に削れるはずだ」

「わかってるって……」

集中しようとすればするほど焦ってしまい、上手くいかない。ゆいのことが頭をよぎってしまう。

「木と会話するんだ。やみくもに力を込めりゃいいってもんじゃねえ」

お父ちゃんの言うことは禅問答みたいで正直よくわからない。

木と会話する？　それってどういうこと？　あー、もうさっぱりわかんない。まるっきり上手く削れないし、だんだん手が痺《しび》れてきたし、そもそもあたし、大工になりたいわけじゃないし……。

あきらめて鉋を返すと、お父ちゃんはニヤリとする。

「やれやれ、降参か……」

あたしは思い切ってお父ちゃんに相談してみることにした。

「ねえ、お父ちゃん。あたしってお節介なのかな？」

「何だ、藪《やぶ》から棒に」

お父ちゃんは興味なさそうに背を向け、再び鉋掛けを始めた。

「昼間、ゆいに言われたんだ。昨日はサッカー部の後輩たちにも同じこと……。信じてた人たちにそんなふうに言われて、あたし、どうしたらいいのかわからなくなっちゃってさ……。あたしが今まで善かれと思ってしてきたことって、余計なことだったのかな？」

こんなふうにお父ちゃんに本音をさらけ出すのは珍しい。だけど今夜は特別だった。

「すっかり大人になったと思ってたが、そんなことでくよくよ悩んでるとは、お前もまだガキだな」

「そんな言い方しないでよ。あたし、真剣に悩んでるんだから……」

あたしは頬を膨らます。

「言っただろ。やみくもに力を込めりゃいいってわけじゃねえ。人間同士なんだ。時には距離を置いて、そっと見守るのも愛情ってもんじゃねえか？」

鉋をかけ続けるお父ちゃんの背中を、あたしは見つめる。

「それに、なお、お前にはお前の人生がある。この先に伸びるまっすぐな未来がな。いつまでもここにとどまってるのが正解とは限らねえぞ」

途端に、昨夜れいかに言われた言葉が甦った。

――ずっと同じ場所にとどまっていることが正解とは限りません。時には新しい自分になるために旅立つ。それも必要なことじゃないかしら？

お父ちゃんは最後にこう言った。

「まっすぐ前を見ろ。そうすりゃ自《おの》ずと答えは見つかる」

その言葉を胸に刻み、あたしは手の中の封書に視線を落とした。

あたしの中で、ある決意が固まりつつあった。


公園のベンチに腰掛け、今日も下校途中のゆいはスケッチブックに絵を描いていた。

あたしは公園の木陰から、ゆいの姿を見守る。

そこへ昨日と同じ悪ガキの同級生三人組がやってきた。懲りずにニヤニヤとゆいに歩み寄る。

「よお、緑川。今日は何描いてんだよ？　見せろよ」

そう言って、ゆいのスケッチブックを取り上げる。

木陰から見つめるあたしにも、スケッチブックの絵が見えた。それは『ミラクルピース』ではなく、あたしの似顔絵だった。

「何だよ、あのおっかない姉ちゃんかよ」

「やっぱお子ちゃまだな。お前、姉ちゃんがいなきゃ何もできないんだろ？」

三人の笑い声が公園に響く。

ゆいはじっと拳を握りしめ、男の子たちの話を聞いている。

あたしは飛び出して行きたい衝動を必死に抑え、心の中でゆいを応援する。

俯いたゆいの唇が微かに動いた。

「……返して」

笑っていた男の子たちが真顔になる。

「……あ？　何て言ったんだよ？　聞こえねえよ」

途端、ゆいは立ち上がると、男の子三人に向かって叫んだ。

「返して！　あたしはなお姉なんかいなくたって一人でやれるんだから！　だからもうバカにしないで！」

その迫力に気圧《けお》されたのか、男の子たちはスケッチブックを返すと、ぶつぶつとつぶやきながら去って行った。

ゆいは胸にスケッチブックを抱き、肩で息をしている。

あたしは木陰から出て、ゆいのもとに歩み寄った。

「ゆい」

びくっと振り向いたゆいの目には、うっすらと涙が浮かんでいる。

「よく言ったね。感心しちゃったよ」

あたしが微笑すると、ゆいは恥ずかしそうに顔を赤らめる。

そして、大きな澄んだ瞳であたしを見つめた。

「なお姉、昨日は言いすぎてごめんね。あたし、もうなお姉がいなくても平気だから……。なお姉に安心して欲しくて……それであんなこと言っちゃったの。あたし、もう一人でも大丈夫だよ」

　あたしはゆいの頭を撫《な》でる。

「わかってるって。あたしの方こそ、ゆいの気持ちに気付いてあげられずにごめんね。ゆいはあたしが思ってるよりずっと強い。もう子供じゃないもんね」

　そして、昨夜決意したことをゆいに告げた。

「ゆい……あたし、家を出ようと思うんだ」

　驚いたゆいがあたしを見上げている。

「東京のなでしこリーグのチームが、あたしをコーチとして雇ってくれることになってね」

「そうなの？　すごい！」

「ずっと前から誘いは受けてたんだけど、あたし、ようやく決めた。引き受けることにするよ。けど、それには家を出て、東京で暮らさなきゃいけない。これからはみんなと離れて、一人で生きていく」

　ゆいはその言葉を真剣なまなざしで聞いている。

「家族はあたしにとって大切な場所だよ。ゆいだけじゃない。けいた、はる、ひな、ゆうた、こうた、お父ちゃんもお母ちゃんも……みんなのことが大好き。だけど、いつまでもここにいるわけにはいかないんだ。新しい自分になるためにはね。あたし、家族から卒業しようと思う」

家族だけじゃない。この七色ヶ丘の街、母校のサッカー部……今まで寄り添っていた場所から旅立つことは、あたしにとって大きな決断だ。

でも、お父ちゃんの言う通り、まっすぐ前を見れば、自ずと答えは見つかる。勇気を持てば、未来は開ける。

泣き出しそうなゆいに気付き、あたしはその体をぎゅっと抱きしめた。

「心配要らないって。ずっといなくなるわけじゃないんだから。それに、あたしがいなくなっても、お兄ちゃんやお姉ちゃんたちがいるだろ？　お父ちゃんもお母ちゃんもね」

「うん……大丈夫……。あたし、大丈夫だよ」

ゆいはあたしの腕の中ですすり泣いていた。

あたしが体を放すと、ゆいはまっすぐあたしを見つめ、こう言った。

「いつかあたしがなお姉を守ってあげるからね」

あたしは大学のサッカー部の後輩たちにも事情を話し、別れを告げた。

突然の決断にみんな目が点になっていたけど、あたしは可愛い後輩たちに最後の檄を飛ばしてやった。

「この七色ヶ丘国際大学の女子サッカー部の未来は、あんたたちの肩にかかってるんだからね。あとのことは頼んだよ！」

主将のありさが「はい！」と元気に答え、他の部員たちも口々に同調した。

この子たちの未来は、この子たち自身が切り開く。あたしはみんなのことを信じている。いつかこの中から未来のなでしこジャパンが現れるといいな……。

弟妹たちはあたしの旅立ちを初めは悲しんだけど、みんな応援してくれた。あたしのために『なお姉の送別会』を盛大に開いてくれて、一人ずつあたしへの贈る言葉を発表してくれた。

「みんな大袈裟だなぁ。そんなに遠くに行くわけじゃないのに……」

あたしは苦笑しながらも、嬉しくて涙が溢れてきた。こんなふうに弟妹たちに祝福を受ける機会は、誕生日を除いて他にない。みんな一致団結して、あたしのことを勇気づけてくれた。

あたしはお父ちゃんに告げた。

「お父ちゃんのアドバイス通り、まっすぐ前を見たら答えは見つかったよ。ありがとう」

けど、お父ちゃんは照れ隠しに苦笑して言った。

「俺はアドバイスなんかしたつもりはねえ。お前が自分で決めたことだろ」

……だってさ。全く素直じゃないなぁ。

弟妹たちは、みんなでお小遣いをはたいて、あたしへのプレゼントを買ってくれた。

その晩、あたしは自分の部屋に戻り、プレゼントの包みを開けた。出てきたのは、可愛らしいデザインのお化粧用のコンパクトだった。弟妹たちが、「なお姉が大人の女になるための必須アイテム」だって言ってたけど、なるほどね。そういえば、今までサッカーひと筋だったから、あんまりお化粧する機会ってなかったなぁ。

そう思ってコンパクトを見つめていると、不意に懐かしい気持ちが湧いてきた。ずっと昔、いつの頃か誰かからコンパクトを授かって、違う自分に生まれ変わった気がする。でもヘンだよね。子供の頃にコンパクトで化粧するはずないし、それを使って一体何をしたっていうんだろう？

じっとコンパクトを見つめて考えていると、あたしは思い出した。『最高のスマイル』の絵本のことを。

そうだ！　中学の頃の同級生、星空みゆきちゃんが描いた創作絵本『最高のスマイル』の中に、コンパクトの絵が描かれていた。主人公のみゆき、あかね、やよい、なお、れいかの五人は、メルヘンランドからやってきたキャンディに授かったコンパクトを使って、伝説の戦士プリキュアに変身するんだ。

でも、待てよ……。あれは空想の絵本だよね。どうしてあたし、こんなに懐かしい気分になるんだろう。いくら絵本の中に、あたしをモデルにした「なお」って女の子が登場するからって……。

でも、確かにあたし、十年くらい前にコンパクトを使ったことがある。それを使って、違う自分に変身した。違う自分？　それってもしかして……。

その時、声が聞こえてきたんだ。

「……プリキュア！　……」

え？　プリキュア？　この声、どこから聞こえてくるんだろう。

あたしは必死に部屋の中を見回す。声は助けを呼んでいるみたいだ。誰であろうと、困っているなら助けに行かなきゃ。そう思った途端、また聞こえた。

「……プリキュア、助けてクル～！　……」

キャンディ！　間違いない。『最高のスマイル』に登場する妖精のキャンディだ！

どうしてキャンディの声が……。

その時、僅かに開いていた窓の隙間から風が吹き込んで、カーテンを激しくはためかせた。風があたしの頬を撫でる。まるで何かを告げるように……。

途端、眠っていた記憶が覚醒したんだ。十年前、ゆいが生まれたあの日に何があったのか……。

妹のひなと弟のゆうたの行方がわからなくなり、あたしは河原で二人を見つけた。二人はマジョリーナによって捕らえられていたんだ。マジョリーナっていうのは、バッドエンド王国の幹部の一人で、世界をバッドエンドに変えようとしている悪いヤツ。

あたしは弟妹たちを人質に取られ、絶体絶命の危機に陥ったんだけど、自分の正体を弟妹たちに明かすことはできない。でも、大切な家族を守りたい……。

あたしは決意を固め、コンパクトを取り出した。そして、弟妹たちの目の前でプリキュアに変身したんだ。

そんなことあり得ないって？　でも、弟妹たちは全員夢に見たって言ってる。それに、あたしの記憶も完全に甦った。

中学生の頃、あたしはプリキュアだったんだ。弟妹たちのプレゼントしてくれたコンパクトが、本当のあたしを呼び覚ましてくれた。

「……なお〜！　……」

ほら！　キャンディも呼んでいる。どういうわけか知らないけど、あたしはかつてプリキュアだったという記憶を失っていた。今、またキャンディが助けを呼んでいる。あたしは行かなきゃいけない。

不意に部屋の本棚から光が溢れ始めた。サッカーの雑誌や指導書の裏側から、眩い光が溢れ出す。

そう、本の扉だ！　この扉を抜ければ、きっと異世界へ行ける。仲間たちがあたしのことを待っている。

居間の方からは、まだ弟妹たちの声が聞こえてくる。ゆいがスケッチブックに描いた絵を見せて、お母ちゃんに褒められている声がする。

あたしは居間の方を振り向くと、心の中で告げる。

みんな……行ってくるよ。

再び本棚に向き合った。一瞬、ゆいの顔が脳裏をよぎる。

ゆい……もう大丈夫だよね？　あたしがいなくなっても、ここにはあなたを支えてくれる家族がいる。あたしはあたしの世界で、果たすべきことを果たしてくるよ。

もう迷わない。本当の自分になるために、旅立たなきゃいけない時が来たんだ。まっすぐ前を見つめれば、自ずと答えは見つかる。

あたしは本棚の雑誌や本をパズルのようにスライドさせ始めた。そうそう、十年前もこうやって本の扉を開いた。やり方なら覚えてる。一度覚えたコツは体が忘れないよ。サッカーのリフティングと一緒さ。

次の瞬間、あたしの体は光に包まれ、本棚に吸い込まれた。あたしの体は神秘的な光の空間をどんどん落ちていく。

この先にある異空間の名は……ふしぎ図書館。あたしたちプリキュアはそこに集い、語り合った。本の扉を使って、世界中を旅したこともあった。モンゴルの大草原や万里の長城を颯爽と走った記憶が鮮やかに甦っていく。

早く仲間たちに会いたい。五人一緒なら、どんな時も挫けず、まっすぐ前へ進み続けることができる。

期待と勇気を胸に、あたしはふしぎ図書館へと続く光の空間を落ちていった。

第五章　青木れいか

人の一生は、重荷を負うて遠き道を行くが如《ごと》し。

私が心に刻んでいる大切な言葉です。

人は人生でさまざまな苦難に直面します。重圧に押しつぶされそうになったり、途中で投げ出したくなったりすることもあります。時には道に迷い、道を見失うこともあるでしょう。しかし、たとえ目の前が荒れ地であろうと、険しい坂であろうと、己《おのれ》を信じて歩んでいけば、きっと道は開けるのです。道は自らの意志で切り開いてこそ、歩む価値があるのではないでしょうか。それが一人ではなく、信じ合える仲間と一緒であればなおさら……。

少々堅苦しい文章に辟易《へきえき》されているでしょうか。これは失礼致しました。私のことを知っていただくには、最も適切な序文と考えた次第です。

これよりしばしお時間をいただき、私の身に起こった不思議な出来事をお聞きいただきたいのです。とても信じられないことかもしれません。初めから順を追ってご説明致しましょう。

申し遅れました。私、青木れいかと申します。

現在、二十四歳。僭越《せんえつ》ながら、七色ヶ丘中学校で二年一組の担任を務めさせていただいております。

担当教科は国語。部活動は、弓道部と書道部の顧問《こもん》を兼任しております。と言っても、まだ教師としても社会人としても駆け出しの新人。生徒たちと共に勉学に励み、部活動で心を磨き、それぞれの生徒たちが歩むべき道を見つける手助けをしております。

「大切なことは自分で考え、自分で決める」――それが我がクラスのモットーです。

私自身もこの学校の卒業生です。十年ほど前、ここで学び、道を切り開き、教員の道を志しました。現在の生徒たちが学び、友情を育んでいる姿を目の当たりにすると、十年前の自分を思い出して、目頭が熱くなります。

自らの学び舎に戻り、同じ場所で再び想い出を積み重ねていける。こんな感動的な仕事が他にあるでしょうか。

私が「道」という言葉を大切にしているのは家族の影響です。

お祖父《じい》様・青木曾太郎《そうたろう》は、書道の達人です。私もお祖父様の影響で、幼少の頃より書道を学んでいました。厳格なお祖父様のご指導を賜り、書道の技術だけではなく、その心構え、すなわち「道」の大切さも学ばせていただきました。

私の名前「れいか」は、漢字で「麗華」と書きます。「華のように麗しく美しい心を持った子になるように」というお祖父様の想いが込められています。真の美しさは見た目ではなく、心にこそ宿る。私はそう信じています。

お祖父様は、常に毅然とした態度で物事を見据えている人格者です。まるで、家族のことも、この世のことも、全ての理《ことわり》を見抜いているかのようです。私にとって、心の師と言ってもいいでしょう。

ですから、お祖父様が突然倒れられた時、私は動揺を隠せませんでした。

「――青木先生？」

テストの採点をしていた私は、その声に現実に引き戻されました。いつの間にか、テスト用紙を見つめたまま考え事をしていたようです。

七色ヶ丘中学の職員室。すでに夜になり、多くの生徒たちは部活動を終えて帰宅した後です。先生方も大半が帰宅され、職員室には私を含め、数名が残っているのみです。

「どうかしたの？　ぼんやりしてたけど……」

声を掛けてくれたのは、二年生の学年主任の佐々木《ささき》なみえ先生です。

佐々木先生は、私が中学二年生の時の担任でした。あれから結婚され、産休・育休を取られた佐々木先生は、今では復帰され、学年主任として敏腕を振るっておられます。まだかけだしである私にとって、教師としても人間としても先輩に当たります。

「何でもありません。ちょっと考え事をしていて……」

私が微笑すると、佐々木先生はお茶を入れて私のデスクに持ってきて下さいました。

「あんまり無理しないこと。青木先生は中学生の頃から何でも頑張りすぎるんだから」

「はい。お気遣いありがとうございます」

かつて「青木さん」と呼ばれていた先生に「青木先生」と呼ばれるのは、不思議な気分です。

「実は……」

私の表情が曇ったのに気付き、佐々木先生の顔からも笑みが消えました。

「祖父の体調が優れないのです」

「まあ、お祖父様の？」

「先日から入院しています。容態が心配で……」

お祖父様は先日、家で倒れられ、病院に緊急搬送されました。病院にはお母様が毎日付き添って下さっているので、何かあればすぐに連絡が来るでしょう。それでも私の心は穏やかではいられません。

「それは心配ね。もうお見舞いには行ったの？」

「いいえ、まだ……」

「明日にでも行ってらっしゃい。学校の方は私がどうにかするから」

「ありがとうございます。ですが、大丈夫です」

「そう……。じゃあ、私、先に上がるから、あなたもほどほどにして帰りなさい」

「はい。お疲れ様でした」

佐々木先生は職員室を出て行きました。

私は頭を下げ、テストの採点を再開しました。しかし、すぐにお祖父様のことを考えてしまい、ペンを動かす手が止まります。

大きく深呼吸して、私が再び採点に取りかかろうとした時でした。

「……青木先生」

帰られたはずの佐々木先生が職員室に戻ってきました。その切迫した表情から、ただ事ではないことがわかりました。もしや、お祖父様が……。

「ちょっと来てくれる？　校長先生がお呼びなの」

私が佐々木先生と共に校長室に入ると、初老の校長先生がそわそわとデスクの周りを歩きながら待っていました。私たちが来たことに気付くと、校長先生は青ざめた表情で振り向きました。

「遅くにすまないねぇ」

「いえ。何でしょう」

お祖父様の容態が急変したのではないかと思っていましたが、違ったようです。その点は安堵しました。

校長先生はデスクの上に置いてあった封筒を私に差し出しました。

「学校の郵便受けに、こんなものが入っていましてね」

校長先生は平静を装っているようですが、その声から動揺が感じられます。佐々木先生はすでに事情を知っているらしく、私の後ろでじっと見守っています。

私はその白い封筒の中を見ました。白い紙が一枚だけ入っています。その紙には、まるでドラマや映画に出てくる犯行予告のように、新聞やチラシの文字を切り貼りして作った文章がありました。

『二年一組の青木れいか先生は、生徒の心がまるで見えていない。担任をやめなければ、私がこの学校をやめます』

私は言葉を失いました。

ここにある『青木れいか先生』というのは、私のこと……？　もちろん、他に考えられません。けれど、目の前の文章を現実として受け止めることができないのです。

私は生徒の心が見えていない？　私が担任をやめなければ、学校をやめる？　一体誰がそんなこと……。

気がつくと、私は佐々木先生に支えられて校長室のソファに腰を下ろしていました。私の動揺を悟り、佐々木先生が肩に手を置いて下さっています。

封筒や紙を裏返しましたが、差出人はもちろん、何も書かれていません。

ようやく喉の奥からかすれた声を絞り出しました。

「差出人は……？」

「わかりません。直接、郵便受けに入れられたもののようですが、全く手掛かりは……」

そうおっしゃって、校長先生は私の向かいのソファに座りました。ハンカチを取り出し、しきりに額の汗を拭いています。

隣の佐々木先生がじっと私を見つめていましたが、やがて口を開きました。

「考えたくもないと思うけど、青木先生……これを出した生徒に心当たりは？」

「わかりません。二年一組の生徒の誰かが、こんなことをするなんて……」

それが私の本心でした。

私が担任を務める二年一組の生徒たちは、みな、笑顔の絶えない潑剌《はつらつ》とした生徒たちばかりです。もちろん、勉強のできる生徒、できない生徒、賑《にぎ》やかな生徒、大人しい生徒……さまざまな個性の生徒たちがいます。人数は、男女合わせて三十人。みんな私にとって大切な生徒たちです。その中の誰かがこんなことをするなんて……。

校長先生はまだ汗を拭いています。

「確かに……。青木先生、あなたは大変優秀な先生です。熱心に生徒たちに向き合っていらっしゃって、信頼も厚い。『大切なことは自分で考え、自分で決める』……そんな素晴らしい目標を掲げられ、生徒たちものびのびと学んでいます。放課後の部活動にも積極的に時間を割いて下さり、頭が下がる思いです。あなたに対してどうこう言う意見は、今まで校長である私には一切届いていません。生徒たちからも、保護者からも……。まさかあなたに限って、生徒からこんなふうに反感を買うとは……」

「ですが、現にこういったものが届いたのは事実です」

「いやいや、まだ二年一組の生徒の仕業と決まったわけではありません。他のクラスの生徒の可能性もあります。それもほんの出来心によるイタズラかもしれない。いや、そもそも本校の生徒の仕業ではないのかも……」

校長先生の口調はしどろもどろでした。

「本校のセキュリティを考慮すると、わざわざ部外者が侵入して入れていったとは考えにくいのでは……」

「うむ、確かに……」

校長先生はそうおっしゃって、黙り込んでしまいました。

「校長、どう致しましょう？　これは非常にデリケートな問題です。私も学年主任として、青木先生とともに解決に当たりますが……」

「いいえ」

私は佐々木先生の言葉を遮りました。

「対応は私に一任していただけないでしょうか？」

校長先生も佐々木先生も、驚いて私を見つめました。

「青木先生……どういうことかしら？」

「これは私のクラスの問題です。全ての責任は担任である私にあります。他の先生方にはお手間をとらせず、自力で解決したいんです」

「でも……」

「これは私が教師として乗り越えるべき試練なのかもしれません。お願いします」

その時点で、何か解決するための良い考えがあったわけではありません。ただ、これは誰にも頼らずに解決しなければならない問題のような気がしたのです。

信じたくはありませんが、この手紙は二年一組の生徒の誰かが出したものなのでしょう。私に対するSOSなのかもしれません。ならば私が立ち向かわなければなりません。生徒の心の声に応えなければなりません。それが教師としての私の使命。そう心に決めました。

校長先生は深いため息をついた後、おっしゃいました。

「わかりました。では、この件は青木先生に一任します。ただし、状況は逐一私と佐々木先生に報告して下さい」

佐々木先生も続けました。

「何かあったら相談すること。いいわね?」

「はい。ありがとうございます」

私は立ち上がり、深々と頭を下げました。

人を疑うということは、とても残酷なことです。相手を信じていればこそ余計に……。

しかし、これは私自身が招いた事態、そして、私自身が解決すると決めた問題です。

翌日から私は今まで以上に生徒たちに目を配るようにしました。朝のホームルーム、休み時間、授業中、清掃中……。生徒たちと挨拶を交わし、会話に耳を傾け、表情を観察し、何気ないおしゃべりに加わり……。

そのたびに例のメッセージが頭をよぎります。しかし、三十人の生徒たちには今までと何ら変わった様子は見当たりません。私が笑顔で挨拶すれば、元気に挨拶を返してくれます。話しかければ、素直に答えてくれます。教室にはいつも通りの笑顔が溢れています。けれど、この笑顔は偽《いつわ》りであり、その裏には目には見えない本性が隠れている。その心の中に、私に対する憎しみを秘めている。そう考えると、心穏やかではいられません。

今もその生徒は、笑顔の裏で私を睨《にら》んでいるのです。忸怩《じくじ》たる思いがこみ上げてきます。何か有効な手立てはないか……。

考えた末に、私は授業後のホームルームで紙を配付することにしました。

何も書かれていない紙を見つめて、生徒たちはキョトンとしています。私は言いました。

「その紙に、何でもいいのでみなさんの書きたいことを書いて下さい。日頃悩んでいること、先生には直接言いにくいこと、この機会に質問したいこと……何でも構いません」

生徒たちはまだ当惑した表情を浮かべています。

「そんなこと、急に言われてもなぁ……」

「先生に言いたいことがあれば直接言いますけど……？」

「はいはいはい！　あたし、質問があります！　先生、彼氏いないんですか？　どんな男性がタイプですか？」

「あのー、これって成績とか進学に影響するんですか？」

ざわめく生徒たちを制して、私は続けました。

「成績や進学には関係ありません。私は今までみなさんの心の声に耳を傾けてこなかったのかもしれない。そう考え、この機会を作りました。無記名で構いません。みなさんの正直な心を書いて下さい」

そんなことで生徒たちの心に向き合ったつもりになったのは、浅はかだったのかもしれません。

放課後、私は回収した紙を職員室で一枚ずつ確認しはじめました。しかし、書かれているのは、どれも他愛《たわい》ないことばかりでした。ある生徒は授業内容に関する質問。ある生徒は恋愛相談。ある生徒は自分が好きなマンガについて……。特に手掛かりになりそうなものは一つもありません。

私はため息をつきながら確認を続けました。そもそも、そんなに簡単に心の内を明かすような生徒が、あんな凝ったメッセージを送りつけるとは思えません。私はアプローチを変えなければならないと反省しました。しかし、これと言って妙案があるわけではありません。

その時、私はハッとしました。最後の一枚に、こんな文章が書かれていたのです。

『二年一組の青木れいか先生は、生徒の心がまるで見えていない。担任をやめなければ、私がこの学校をやめます』

私はさっと顔から血が引くのを感じました。学校に届いたメッセージと同じ文章です。間違いない。やはりあの脅迫まがいの手紙を出した生徒は、私のクラスにいるのです。信じたくはありませんでしたが、もはや疑いようがありません。あのメッセージと全く同じ文章を書くことで、その生徒は私を挑発しているつもりなのでしょうか。

私はそこに書かれた文字に目を凝らしました。書道を学んできた経験上、生徒たちの筆跡を見れば、誰が書いたのかを見抜くことは難しくはありません。筆跡にはその人間の心が表れます。三十人の生徒がいれば、三十通りの筆跡があり、そこに生徒の性格や心がにじみ出るのです。

文字はとても読みやすく丁寧に書かれています。一見、問題を抱えている生徒の文字には見えません。しかし、確かに見覚えがあります。この筆跡は、確か……。

「青木先生」

突然背後から声をかけられ、私は息をのんで振り向きました。

二年一組の学級委員を務めている入江《いりえ》君が、笑顔で私の顔を覗き込んでいます。

「ごめんなさい、気付かなくて。何かしら？」

私は慌ててデスクの上の紙を裏返しました。

「学級日誌をお持ちしました」

「いつもご苦労さま」

私は学級日誌を受け取り、笑みを返しました。

入江君のお兄さんは、十年前、私がこの学校の二年生だった頃、生徒会長を務めていました。お兄さんに似て成績優秀。生徒たちから絶大な人気があり、現在、生徒会副会長も務めています。部活動は、私が顧問を務める弓道部に所属し、部長として部員たちのまとめ役を担っています。

「そうそう、入江君、このあいだあなたの書いた『道』の作文、とても素晴らしかったわ。あなたの文章は人の心を打つ不思議な魅力があるわね」

「先生のご指導のお陰です」

先日、国語の授業で、『道』というタイトルで自由に物語を作る宿題を出したのです。

ひと言に『道』といっても、いろいろな『道』があります。どんな登場人物を軸に、どんな『道』を描くのか、その独創性が試されます。二年一組の三十人の生徒たちは、三十通りの『道』の物語を紡ぎ、それを授業で発表してくれました。中でも入江君の作品は抜きん出ていました。

「本校代表として、あなたの作品を全国コンクールに応募しようと思うんだけど、どうかしら？」

「それは光栄です。ありがとうございます」

入江君は嬉しそうに、深々と頭を下げました。

「じゃあ、また明日ね」

私はデスクに向き直りました。しかし、入江君はまだ何か用事があるらしく、私の後ろに佇《たたず》んでいます。

「あの……先生、ちょっとお聞きしにくいことなんですが……」

「何かしら？」

入江君は職員室を見回すと、私の耳元に口を近付け、小声で聞きました。

「もしかして、先生、何か悩んでらっしゃいませんか？」

ドキッとした私は、動揺を悟られまいと平静を装いました。

「どうして？　別に先生は悩みなんてないけど……」

入江君はデスクの上に裏返されている紙の山を一瞥しました。

「ごまかさないで下さい。先ほどのホームルームで配ったその紙……。急に『何でもいいので書いて下さい』なんて、青木先生らしくないです。何か僕ら生徒のことで悩んでいらっしゃるんじゃないですか？　先生、最近何だか疲れてるように見えますし……」

さすがみんなに慕われている生徒会副会長。私の心の変化も敏感に察したようです。しかし、私は笑顔で答えました。

「先生なら大丈夫よ。心配してくれてありがとう」

「それならいいですけど……。兄から聞いてますよ。青木先生は中学生の頃から頑張り屋さんで、一人で抱え込むタイプだったって。あんまり無理しないで下さい」

「ありがとう。お兄さんにもよろしくね」

「はい。じゃあ、失礼します」

入江君は頭を下げて職員室を出て行きました。

私は胸を撫で下ろしながら、入江君の持ってきてくれた学級日誌を開きました。そして、信じ難いことに気付いたのです。

何ということでしょう。その日誌に書かれた入江君の美しい筆跡……それは、あの紙に書かれた文字と似ているのです。

まさか、入江君が……。そんな……。

私は彼が書いた『道』の作文も探し出し、筆跡を確認しました。やはり似ています。しかし、あり得ないことです。生徒会副会長で、学級委員で、弓道部の部長で、生徒からも先生からも誰からも慕われている入江君が……。

私はもう一度、筆跡を慎重に比較しました。しかし、見れば見るほど酷似しています。

ふと思い出しました。

以前、佐々木先生が話して下さったことがあります。最近の中学生の心は複雑でわかりにくい。昔ながらの典型的な問題児は減った。けれど、一見何の問題もない生徒、成績優秀な生徒、明るくてみんなに慕われている生徒、先生に好かれるいい子が、実は心に深い闇を抱えていたりする。

入江君は生徒からも先生からも慕われているけれど、そんな生徒であっても、心の中は誰にもわからない。本当は誰よりも深い闇を抱えているのかもしれない。本当はあの優しい笑顔の裏で、私のことを嘲笑しているのかもしれない。

そこまで考えて、私はその考えを振り払いました。何て残酷なことを考えるのでしょう。どうやら心が疲弊《ひへい》しているようです。よりによって、私のことを気遣ってくれた入江君があの手紙の差出人だなんて……。

筆跡が似ているのは気のせいかもしれない。きっとそうです。これ以上の詮索はやめよう。そう心に決めました。

私はハッと我に返りました。

そこは真っ暗になった二年一組の教室で、私は教卓に突っ伏《つぷ》して眠っていたようです。もう深夜でしょうか。窓の外の空には星が輝いているのが見えます。当然、教室の中には生徒たちの姿はありません。

私としたことが、何だってこんなところで眠ってしまったのでしょう。早く帰宅しなくては……。そもそも一体今何時だろう。そう思って、腕時計を見た私は、絶句しました。

時計の針が高速でぐるぐると回転しているのです。教室の壁にかかった時計を見上げると、やはり同じように回り続けています。

私は気付きました。黒板に美しい筆跡で、あの文章が書かれているではありませんか。

『二年一組の青木れいか先生は、生徒の心がまるで見えていない。担任をやめなければ、私がこの学校をやめます』

黒板からはみ出さんばかりの大きな文字です。

その時、私は恐怖にゾクッとしました。

誰もいないと思った教室内に、一つだけ人影が見えます。生徒の机に、一人、誰かが座ってこっちを見ています。ただ、教室が暗いのでその顔ははっきりと見えません。

ちょうど教室の中央に位置する席。あの席は、確か……。

「――入江君？」

私はおそるおそる訊ねます。

人影は「ひひひひひ……」と不気味な笑い声を漏らして立ち上がりました。

――違う。入江君じゃない。

「ハ～イ、ごきげんよう。ご無沙汰ですねぇ……」

その声にはどこかで聞き覚えがある気がします。

窓から差し込む月明かりに照らされて、その姿が現れました。不気味に尖《とが》ったつま先、舌なめずりをしている口元、トランプのジョーカーのようなその姿……。

「あなたは……」

不意に記憶が甦りました。中学生の頃、同級生の一人に見せてもらった創作絵本『最高のスマイル』。世界をバッドエンドに変えようとする悪者に、五人の伝説の戦士プリキュアが立ち向かう物語です。その絵本に登場するバッドエンド王国の幹部のリーダー、その名は……。

「ジョーカー……」

「いや～覚えていて下さって光栄です。青木れいかさん……いいえ、キュアビューティ」

「え……っ⁉」

ジョーカーはいきなりその手から無数のトランプを放って私を攻撃してきました。私は咄嗟に床に転がり、攻撃をかわします。

キュアビューティ、それは絵本の中に登場するプリキュアの一人。私をモデルにしたキャラクターには違いありませんが、絵本に描かれた空想の産物です。

「何を驚いているんです？　あなたのことですよ！」

私が……キュアビューティ!?　まさか、そんな……。

戸惑う私に向けて、ジョーカーは容赦なくトランプを放ちます。私は何が何だかわからないまま、教室の中を逃げ続けます。トランプの衝撃で机や椅子が破壊され、床や壁がひび割れていきます。

私は引き戸へ駆け寄りましたが、どんなに力を込めても戸は開きません。

ジョーカーは不気味な笑みを浮かべてにじり寄ってきます。

「逃がしはしません。ここは私の空間ですからね」

戸に背を向け、私は迫るジョーカーに対峙《たいじ》しました。

「なぜこんなことをするの？」

「なぜ？　私はあなたの可愛い生徒たちの心を代弁しているだけですよ」

「生徒たちの心？」

「ええ。二年一組の生徒のみなさんは怒るでしょうねぇ。あなたの本性を知ったら」

ジョーカーの放ったトランプが体をかすめ、激痛が走りました。

「表面的には生徒たちを想い、誰からも慕われている青木れいか先生。まさに教師の鑑《かがみ》……。でも、まさかあなたがそんな卑劣な人間だったとはびっくりです」

「私のどこが卑劣だというのです？」

ジョーカーの口がニヤリと歪みます。

「わかってるくせに……」

トランプ攻撃が遂に私の体に直撃し、私は教室の黒板に叩きつけられました。

「あなたは愛すべき生徒たちを疑った。このクラスの中に、あんな脅迫状まがいの手紙を出した犯人が必ずいるはずだ。生徒たちの優しい笑顔は偽りに違いない。そう決めつけてね。華のような麗しい心？　笑わせますね。あなたがそんな残酷な心の持ち主だったとは思いませんでしたよ」

「違う……私は、生徒たちの心の声に耳を傾けようと思って……」

「本当に生徒たちのことを信じているなら、疑うべきではなかったのではありませんか？　疑っているということは、生徒たちを信じていないんですよ。あなたの生徒たちに対する想いなど、所詮はその程度ということです」

反論の言葉もなく、私は攻撃を受け続けることしかできません。

「しかも、よりによってあなたのことを気遣ってくれた心優しい入江君を一番に疑うなんて、教師として……いいえ、人間として最低です」

ぐったりと項垂《うなだ》れている私の首をジョーカーが摑み、黒板に叩きつけました。私は苦悶《くもん》し、身動きできません。

ジョーカーは舌なめずりをして、私の耳元で囁きました。

「だから、もうやめてしまいなさい。教師なんて仕事、あなたには向いていないんですよ」

私はそこで目を覚ましました。

辺りを見回すと、そこは職員室でした。私はデスクでうたた寝をしながら夢を見ていたようです。時計を見ると、入江君が職員室を出て行ってから、まだ数分しか経過していません。

私は肌にまとわりつくような汗をハンカチで拭いました。生々しいほどリアルな悪夢……。ジョーカーの不気味な囁き、その吐息が、まだ耳元に残っているようです。

これも私の心が疲弊しているからでしょうか。入江君を疑ってしまった罪悪感が、あんな夢を見せたのでしょうか。それにしても、『最高のスマイル』の内容をなぜ今になって思い出したのか、不可解です。

私はあの絵本を描いた中学生の頃の同級生の顔と名前を思い出そうとしました。絵本やメルヘンが好きで、いつも笑顔でいればハッピーなことが待っていると信じていた女の子……。しかし、なぜなのでしょう。思い出すことができません。まるで心が闇に覆われてしまったかのようです。

私は思い出すのをあきらめました。

そして思いました。今日は仕事を早く切り上げよう。早く帰宅して、家で頭を冷やそう。


しかし、翌日から、私は入江君のことが気になって心が落ち着かなくなりました。

授業中、教壇に立ちながらも入江君のことが頭から離れません。

「では、教科書の四十九ページを開いて下さい。今日の授業は、荘子《そうし》の『胡蝶之夢《こちょうのゆめ》』です。荘子は中国の戦国時代の思想家として有名です。この説話を……」

教科書から顔を上げた途端、入江君と目が合ってしまいました。

「……入江君、読んでくれるかしら?」

「あの、先生。そこ、昨日の授業でもやりましたよ」

「……ああ、ごめんなさい。うっかりしていました。ありがとう……」

授業中だけではありません。休み時間も、ホームルームや部活動の時間も、入江君を視線で追いかけてしまいます。授業中には積極的に発言する優等生。休み時間も生徒たちのおしゃべりの中心にいる人気者。ホームルームではみんなの意見を取りまとめる学級委員。部活動では部員たちの先頭に立って引っぱる優秀な部長……。そこには、私の知っているいつも通りの入江君の姿しかありません。あんなメッセージを送りつけるなんて信じられません。

やはり私の思い過ごしだったのでしょうか。そう、きっとそうに違いありません。これ以上疑うのはやめよう……。

顧問を務める弓道部の活動が終わり、部員たちが帰宅すると、私は誰もいなくなった道場を見つめました。そして、久しぶりに弓道衣《ぎ》に着替え、道場に立ちました。

私も中学時代は弓道部に所属していました。精神を統一するためには弓道が一番です。きっと心の靄《もや》も晴れるに違いありません。

ところが、弓は的の中心から逸れてしまいます。何度か試みましたが、的の中心を射抜くことはできません。こんなはずはない……。私は弓を握る手に力を込め、精神を集中させます。しかし、上手くいきません。

「やはり悩みがあるみたいですね」

背後で声が聞こえ、私は驚いて振り向きました。

入江君が立っていました。いつも通りの爽やかな笑みを浮かべています。

「入江君……まだ帰ってなかったの？」

質問には答えず、入江君は私を見つめています。

「心が乱れている。先生らしくありません」

「何のこと……？」

私は平静を装いますが、入江君はすでに何もかも見抜いているような口ぶりです。

「何があったのか、僕に話してみませんか？」

入江君の射抜くような視線が私を放しません。

「話すつもりがないなら、僕が当ててあげましょう。学校あてに手紙が届いたんですよね？『二年一組の青木れいか先生は、生徒の心がまるで見えていない。担任をやめなければ、私がこの学校をやめます』って……」

なぜ入江君がそれを知っているのか、私には理解できません。いいえ、理解したくないのです。私は遮ろうとしましたが、彼は淡々と続けます。

「しかもアンケートを取ったら、その文面と全く同じ文章が書かれた紙が一枚交ざっていた。で、先生は僕が犯人じゃないかと疑っているわけですね」

「何を言ってるの……？　そんなはずないでしょう」

狼狽しまいと努めましたが、私の声は微かに震えていました。

「どうして隠そうとするんです？　先生ほど書道に長《た》けていれば、生徒の筆跡を見て、誰が書いたのか見抜くのはたやすいはずです。あれを書いたのが僕に違いないと気付いてしまった。先生はそのことで一人悩んでいるんでしょう？」

全てその通りでしたが、私は強く否定しました。

「いいえ。あなたがあんなことをするはずない……」

「なぜそう言いきれるんですか？」

「なぜって……。あなたは生徒会副会長で、学級委員で、弓道部の部長で、生徒からも先生からも誰からも慕われている。このあいだの国語の作文も素晴らしかった。あなたの書いた『道』の物語、クラスの誰よりも素晴らしくて、私は心を打たれた。だから……」

「だから……？」

いつしか入江君の顔から笑みが消えていました。無表情で私の次の言葉を待っています。

「だから……入江君、私はあなたのことを信じてる」

「信じてる？」

突如、入江君が堰《せき》を切ったように話し始めました。

「よくそんなことが平然と言えますね？　先生は僕の何を知っているというんですか？　僕の心の中まで全て見抜いているとでも？　生徒会副会長で、学級委員で、弓道部の部長で、生徒からも先生からも誰からも慕われて、素晴らしい作文を書くことができる僕には、悩みなんか一つもないとでも言うんですか？」

一瞬、入江君の姿に、あの不気味なジョーカーの姿が重なりました。悪夢の続きを見ている気分になり、私は必死に正気を保とうと努めます。

「入江君、やめて……あなたはそんな生徒じゃない……」

——だから、お願い……。

絞り出すような声で言うと、入江君は鋭い目で私を睨みました。

「やっぱり先生には何も見えていないいんですね。僕の心なんか何も……」

そして、あっさり打ち明けたのです。

「あれを送ったのは僕です」

その言葉が真実であることは、普段は決して見せたことのない入江君の憔悴《しょうすい》し切った表情から明らかでした。

——どうして、あんなこと……。

「先生に気付いて欲しかったんですよ。僕の心の叫びに……」

——入江君の心の叫び……？

「ずっと助けを求めていたのに、まるで気付いてくれなかった」

——ずっと助けを求めていた……？　どういうこと……？

「先生には失望しました」

入江君は声を震わせ、去って行きました。

私はただその場に立ち尽くすことしかできません。入江君の言葉が何度も何度も呪いのように心に反響していました。

信じていたものが崩れ去った時、人は希望を失います。それはすなわち、道を見失うということです。

入江君の言葉――その意味を、私は懸命に考えました。『ずっと助けを求めていた』とは、どういう意味でしょう。彼はいつ、どのように、何を訴えていたというのでしょう。私にはまるで見当がつきません。ただ、入江君の憔悴し切った表情……全てに絶望したようなあの時の表情には、どこかで見覚えがある気がします。私は必死に記憶を遡りました。いつも笑顔を絶やさない彼が、ただ一度だけ……。

その時、私は思い出しました。

先日、国語の宿題で書いてもらった『道』の作文を、クラスで発表してもらった時です。

確か、あの時に……。

職員室に戻った私は、その作文を手に取りました。そして、入江君の書いた『道』の物語を読み直したのです。それは、受験に悩む一人の少年が自分の道を模索していく物語でした。

主人公の少年が悩む場面で、こんな独白があります。

『この世界にはいろいろな道がある。ありとあらゆる道があって、どんな場所へも行ける。でも、僕の目の前には道がない。道がないということは、希望がない。希望がないということは、未来がない。未来がないということは、絶望しかない。どんなに叫んでも、大人には僕の心は届かない』

この主人公は、やがて希望を見出して、自分の歩むべき道を切り開きます。

しかし……。

そうです。この物語は決して入江君の創作ではなかったのです。

お祖父様の容態が急変したのは、その翌日のことでした。

私は授業を午前中で切り上げ、お祖父様の入院している病院に急行しました。幸いにもお祖父様はやや持ち直されましたが、お医者様によると、今夜か明日が峠だろうとのことでした。

遅れて到着した私は、病室のカーテンの外で訊ねました。

「お祖父様、れいかです。入ってもよろしいでしょうか?」

「うむ……入れ」

今にも消えてしまいそうな微かな声でした。

お祖父様はベッドで上半身を僅かに起こし、うっすらと目を開け、窓から外の景色を見つめていらっしゃいました。

窓外に七色ヶ丘の美しい風景が一望できます。

私はベッドの脇の椅子に腰掛け、お祖父様と一緒に窓外の風景を見つめました。お祖父様にはこれまでの人生で何度も助けていただきました。その想い出の数々が甦ります。

「れいか」

お祖父様の声で、私は我に返りました。

窓の外の風景から視線を逸らさず、お祖父様はおっしゃいました。

「道に迷っているようだな」

こんな時だというのに、お父祖様は私の心などすっかりお見通しのようです。

「……はい」

私の脳裏に入江君の姿が浮かびます。

「生徒たちに心を配り、共に学び、共に歩んでいるつもりでした。ですが、どうやらそれは私の独りよがりだったようです」

膝の上で握りしめた私の拳が震えていました。

「何のために教師になったのか、わからなくなりました。生徒の心の叫びに気付くこともできず、私は教師失格です」

この時の私は、もう自分には教師の資格はない、教師という職を辞するしかないと考えていました。今までの人生でも、道に迷ったこと、道を見失ったことは何度もあります。しかし、今回ばかりは、教師という道を退く以外の選択肢が思いつかなかったのです。なぜなら私の心は弱り切っていて、明日から入江君と向き合う自信をすっかり喪失していたからです。しかし、お祖父様がおっしゃったのは、意外な言葉でした。

「お前はもう道を見出している」

私の道……。

窓ガラスに映った自分自身の顔を、私はじっと見つめました。

「れいか、お前の心はどこにある？　それを示せば、道は自ずと開けるだろう」

その言葉は、私の心に永遠に刻み込まれました。


中学二年の頃、進むべき道に悩んだことがあります。十代に直面した最大の岐路とも言うべき出来事でした。

ある日、私はイギリス留学の選抜メンバーに決まりました。いわば、日本代表に選ばれ、一ヵ月後に旅立つことになったのです。

私は大いに悩みました。留学は一年生の頃に自ら志願したことです。海外でいろいろなことを学びたい。その夢が叶うのです。しかし、当時の私にはどうしても一緒にいたい大切な友達が四人いました。留学すれば、その友達と離れ離れになってしまいます。

留学よりも大切な友達との関係とは、一体何だったのか。私たちの間に一体何があったのか。今となっては記憶が定かではありません。その四人のことを思い出そうとしても、なぜか記憶がすっぽりと抜け落ちているのです。

その四人とは、楽しい想い出がたくさんあります。どんな時も、共に笑い、共に苦難を乗り越えてきた大切な仲間です。

お祖父様に留学の件をご報告すると、お祖父様はさまざまな『道』という字をお書きになり、こうおっしゃいました。

「寄り道、脇道、回り道……道とはさまざまだ。れいか、お前が描く道は一体どんなものであろうな?」

悩みに悩んだ末、私は留学の道をあきらめ、友達と一緒にいる道を選んだのです。私のわがままに、友達も先生も家族も大いに驚きました。しかし、自分の心に正直に従った私に後悔はありませんでした。

心というものは目には見えません。その心に正直に生きることとは、案外難しいものです。しかし、己の正直な心を見つめ、勇気を持って決断すれば、人は前へ進めます。大切なことは自分で考え、自分で決める。私はその大切さを学んだのです。

その晩遅く、お祖父様は眠るように亡くなられました。

どんな時も毅然とした態度で家族を支えて下さったお祖父様。私が悩み、迷うたびに道を指南して下さったお祖父様……。

安らかなお祖父様のお顔を見つめ、私は心に誓いました。私の道は私自身が切り開く。たとえ目の前が荒れ地であろうと、険しい坂であろうと、己を信じて歩んでいけば、きっと道は開けるのです。

――お前の心はどこにある？　それを示せば、道は自ずと開けるだろう。

お祖父様の遺言を思い返し、私は再び学校へと向かいました。

教師としての私の道のりは、まだほんの入り口に過ぎません。

放課後、二年一組の生徒たちが次々と教室から去って行きます。おしゃべりをしていた生徒たちも、一人減り、また一人減り、とうとう最後の一人になりました。

ちょうど中央の席に入江君が一人座り、教壇に立つ私を見つめています。二人きりになった教室は、まるであの悪夢に出てきたジョーカーの空間を彷彿《ほうふつ》とさせます。しかし、挫けてはいけない。私は自分に言い聞かせます。

「何か御用ですか？　先生」

放課後残るようにと事前に入江君に伝えておいたのです。

「入江君、あなたのために、これより補習を行いたいと思います」

入江君は苦笑します。

「冗談はやめて下さい。僕の成績を知っていますよね。学年トップ10以内を常にキープしている僕が、一体どんな補習を受けなきゃいけないって言うんですか？」

「いいから聞いて」

「弓道部のみんなが待っているんですよ。今日は生徒会にも顔を出さないと……」

「座りなさい！　部活や生徒会よりも大切なことよ！」

そんなふうに教師に一喝されたことは今まで一度もなかったのでしょう。立ち上がろうとしていた入江君は、呆気にとられて椅子に座り直しました。

私も入江君をこんなふうに一喝したのは初めてです。そっと深呼吸して語り始めました。

「入江君……あなたに言われて気付いたの。確かに私はあなたの心がまるで見えていなかった。あなたは完璧な生徒で、何の悩みもなく日々生活しているんだと思っていた。生徒会副会長で、学級委員で、弓道部の部長で、生徒からも先生からも誰からも慕われている。そんな優等生のあなたに、悩みなんてないんだって……。でも、そうじゃなかった」

入江君は黙って聞いています。

私は『道』というタイトルの入江君の作文を暗唱しました。

「『この世界にはいろいろな道がある。ありとあらゆる道があって、どんな場所へも行ける。でも、僕の目の前には道がない。道がないということは、希望がない。希望がないということは、未来がない。未来がないということは、絶望しかない。どんなに叫んでも、大人には僕の心は届かない』……。入江君、これはあなた自身の心の叫びだったのね？」

入江君は肯定も否定もせず、ただ私を見つめています。

「あなたがなぜ道に迷っているのか、考えたの。あなたの気持ちになって……。そして、思い出した。私が中学生だった頃のこと。どうして忘れていたんだろう……。私もあなたと同じだった……」

「先生と僕が同じ……？」

入江君は怪訝な表情で訊ねました。

「生徒会副会長で、学級委員で、生徒からも先生からも頼りにされていた。でも、そんな私にも悩みがあった。誰よりも悩み、迷い、道を模索していた……」

私は当時の想い出を語りました。

勉学に励み、テストで良い点を取っていた私に、ある日、友達の一人が訊ねたのです。

「れいかちゃんは、どうしてそんなに勉強するの？」

その時、私は即答することができませんでした。なぜ勉強するのか、考えたことなどなかったからです。

勉強だけではありません。それまで私は自分で決めて始めたことは一つもなく、人に誘われて始めたことばかりだと気付いたのです。お兄様に誘われて朝のジョギングをしたり、お母様に頼まれてお弁当作りを手伝ったり、クラスのみんなに推薦されて生徒会副会長になったり、学級委員になったり……。

なぜ勉強するのか？　私が本当にやりたいことは何なのか？　私には道が見えていませんでした。

そのことをお祖父様に相談したところ、こんな助言をいただいたのです。

「ならば、全てやめてみればよい。やめることで、見えてくることがあるだろう」

意外な言葉に、私は戸惑いました。

全てをやめてみる？　考えてもみないことでした。

しかし、お祖父様の言葉に従い、全てをやめてみることにしたのです。朝のジョギングも、お弁当作りも、生徒会も、学級委員も……。

友達も私を後押ししてくれました。

「しばらく休んで、自分がやりたいことをゆっくり考えなよ」

そう言われ、じっくり考えた末に気付いたのです。大切なのは勉強だけではない。もっといろいろなことを見たい、聞きたい、知りたいと。本当にやりたいことを見つけるために、私はこれからもいろいろなことを学び続ける。それが私の道だと……。

当時、そのことに気付けたのは、大切な仲間のお陰でした。何をするにもいつも一緒で、苦楽を共にしてきた友達。今の私がいるのは、その友達のお陰です。

そして、大人になった私が見つけた、本当にやりたいこと——それが教師という職業です。私がこれまで学んだことを、未来を担う生徒たちに託したい。私自身も生徒たちと共に、もっともっと多くのことを学んでいきたい。

それが私の道です。


じっと聞き入っている入江君に、私は続けました。

「入江君……あなたもあの頃の私と同じなのではないですか？　生徒会副会長、学級委員、弓道部の部長……どれ一つ自分で決めて始めたことではありませんよね？　人に推薦されたり、頼まれたりして始めたことばかり……。あなたは全て笑顔で完璧にこなしているように見えます。でも、本当は苦しんでいるんじゃありませんか？　どれも本当にやりたいことではない。何が本当にやりたいことなのか、わからない。歩むべき道が見えない。そのせいで心が悲鳴を上げているんじゃありませんか？」

入江君は無言でじっと話を聞いていました。けれど、やがてその表情が歪んだかと思うと、深いため息を漏らしました。

「先生はいいですよね。途中で全て投げ出すことができたんですから……」

「……どういうこと？」

「僕はね、途中で投げ出すことなんてできないんですよ。学校の成績も、生徒会の活動も、部活動の成績も……やること為《な》すこと、全て中学時代の優秀な兄と比べられるんです。僕は兄のコピーじゃない。僕は僕です！　だけど、周囲の目はそれを許さない。親も、先生たちも、同級生も、あの優秀な入江の弟なんだから、何もかも完璧にできて当然だって決めてかかる。僕はみんなの期待を裏切ることはできない。みんなの前では、いつも笑顔で優等生を演じなければならない。この苦しみが先生にわかりますか？　もう……笑顔でいることに疲れました」

私はこれまでの入江君の笑顔を思い返しました。

ホームルームでも、休み時間も、生徒会や部活動でも、笑顔を絶やさず友達と接していた入江君は、心にそんな大きな苦しみを抱えていたのです。そのことに気付けなかった自分を恥じました。

「青木先生には僕の心の叫びに気付いて欲しかった。いいえ、きっと気付いてくれるに違いないって思って、先生を試したんです。馬鹿げたことをしたって反省しています」

まるで長年の重荷から解放されたような表情で、入江君は弱々しく笑いました。

「ありがとう。ようやく見せてくれたわね。あなたの本当の心……」

私は入江君を真摯に見つめ、言いました。

「私はね、投げ出したくなったの、教師としての道……。不安に押しつぶされそうになったし、生徒のSOSに気付けなかった自分を責めた。でも、あなたのお陰で大切なことに気付けたの」

　生徒の前で弱音を吐くのは初めてなので、入江君は驚いて私を見つめています。

「入江君、今は道が見えないかもしれない。投げ出すこともできず、絶望しか見えないかもしれない。でも、あなたの道は、いつかきっと見つかるわ。だって、あなたの書いた『道』の主人公は、ちゃんと希望を見つけて、道を切り開いたんだから……。あなたにだってできる。大切なことは自分で考え、自分で決めること」


　私の想いが彼にどれだけ伝わったのか、それはまだわかりません。

　ひょっとしたら、彼はこれからも笑顔の入江君を演じ続け、もがき続けることになるのかもしれません。自らの道を見出すには、まだ時間がかかるかもしれません。

　けれど──本当の顔を見せ合った私と彼との距離は、今までより確実に縮まりました。教師と生徒という枠を超えて、私たちの心は一瞬、つながったのです。

　その晩、私は再び夢を見ました。

　場所は二年一組の教室。嵐に襲われたみたいに机や椅子が散乱し、床や壁には破壊の痕があります。私はジョーカーに追いつめられ、黒板に押さえつけられています。

そうです。あの悪夢の続きです。

トドメとばかりに、ジョーカーはその手にトランプを出現させました。

「往生際が悪いですねぇ。なぜ教師を辞めないんです？　あなたは教師失格の烙印《らくいん》を押されたんですよ？」

ジョーカーの執拗《しつよう》な問い掛けに、私は答えます。

「ええ。私は教師失格かもしれません。入江君の心の叫びに気付けなかったんですから」

「ほう、開き直るんですか？」

「私、完璧な教師になろうとしていた。生徒みんなの声に耳を傾け、授業も完璧にこなして、みんなに道を示せる理想的な教師になろうって……。でも気付いた。完璧な教師なんていない。いいえ、完璧になんてなる必要なかったんだって……。教師も道に迷うこともある。生徒の心の叫びに気付けないことだってある。そんな弱い自分を認めることができた。教師として、もう一度出直そうって思えるようになった」

一気にまくしたてる私を、ジョーカーは唖然として見つめています。そんな気力がどこに残っていたのか、信じられないのでしょう。

「私は教師である以前に、一人の人間。これからも生徒とともに悩んだり、失敗したりしながら、共に歩んで行く。それが私の道！」

途端、私は体の奥底から力が湧いてくるのを感じました。私の体から青く神々しい光が放出され、衝撃波にジョーカーが吹き飛ばされました。

「何……⁉」

ジョーカーが呆気にとられて私を見つめています。

その瞬間、私は全てを思い出したのです。中学生の頃、キュアビューティとして戦ったこと。共に過ごし、苦難を乗り越えてきた大切な友達、みゆきさん、あかねさん、やよいさん、なおのこと……。私が留学するか否かで悩んだのも、私がプリキュアだったからに他なりません。あの時も、ジョーカーは執拗に私の心を攻撃してきました。

どうして今まで忘れていたのかはわかりません。しかし、私が迷いを断ち切った瞬間、失っていた十年前の記憶がすっかり甦ったのです。

ジョーカーが舌打ちすると、苛立《いらだ》たしげにつぶやきました。

「またしても……」


そこで私は目を覚ましました。

場所は職員室です。すでに夜になり、ほとんどの先生方が帰宅され、職員室は閑散としています。私はまたデスクでうたた寝をしていたようです。

私は深呼吸すると、懸命に十年前のことを思い出しました。

みゆきさん、あかねさん、やよいさん、なおに続いて、五番目にプリキュアになったこと。メルヘンランドからやってきた妖精のキャンディとポップのこと。バッドエンド王国の幹部、ウルフルン、アカオーニ、マジョリーナが差し向ける数々のアカンベェに立ち向かったこと。ジョーカーによって復活したピエーロから、この世界を救ったこと。どんな時も五人一緒に苦難を乗り越え、笑顔で未来を切り開いたこと……。

十年前のことですが、全て現実の出来事です。みゆきさんの描いた絵本『最高のスマイル』は創作ではなく、実際に私たちの経験したことに他なりません。私たち五人の大切な想い出が凝縮された絵本なのです。それなのに、なぜ今まで空想の出来事だと思い込んでいたのでしょう。

あれから十年の年月が過ぎ、私が大人になってしまったからでしょうか。プリキュアだった記憶は、時の彼方《かなた》へ忘れてきてしまうものなのでしょうか。

いいえ。友達と過ごした日々、プリキュアとしての数々の試練、キャンディやポップとの想い出は、私にとってかけがえのない宝物です。簡単に消えてしまうはずがありません。

では、どうして……。

私は夢から覚める直前、ジョーカーがつぶやいた最後の言葉を思い出しました。

「またしても……」

どういう意味でしょう。ただの夢と言ってしまえば、それまでです。しかし、あの夢には何か意味があるように感じられました。ジョーカーが本当に私の心を攻撃しているような生々しさを感じたのです。

そういえば……みゆきさんたちは今、どうしているのでしょう？　みんなに会えば、何かわかるかもしれません。

ところが、私はまたしても恐ろしいことに気付きました。私は中学卒業後、およそ十年間、みゆきさんにもあかねさんにもやよいさんにもなおにも、誰にも会った記憶がないのです。あんなに仲が良かった私たちは、なぜ一度も再会せずに生きてきたのでしょう。そもそも私は、四人が今どこで何をしているのか、それすらも知らないのです。

私はスケジュール帳を開きました。たとえ記憶が消えても、過去の予定を遡れば、何か手掛かりがあるかもしれないと思ったのです。

すると、つい先週の日曜日のところに、こんな予定が記されていました。

『なおに会いに行く』。

――なお？　途端、また消えていた記憶が甦りました。

先週の日曜日、確かに私はなおに会いに行ったのです。トラックに撥ねられそうになったなおを助け、一緒に家まで行ってなおの近況を聞き、十年前の想い出話をして、夕ご飯をご馳走《ちそう》になり……。

でも、つい先週の出来事を、なぜ忘れていたのでしょう。

私は手帳のページを遡りながら、記憶の糸を手繰り寄せようとしました。すると、次々と忘れていた記憶が甦り始めたのです。

なおだけではありません。私はみゆきさんにもあかねさんにもやよいさんにも会いに行ったことがあります。みんなそれぞれの夢に向かって進み、挫折を味わいながらもがいていました。みゆきさんは書店員、あかねさんはお好み焼き屋、やよいさんはマンガ家、なおはサッカーのコーチ。そして、みんな再会するまですっかりお互いのことを忘れていました。幼なじみのなおさえも……。

私はゾッとしました。私たち五人は、十年前のことだけではなく、お互いの存在に関する記憶が欠落しているのです。たとえ再会しても、またすぐに忘れてしまう……。そんな不可解なことが起こり得るでしょうか。

まるで何者かに呪いをかけられてしまったかのようです。大切な友達のことも、プリキュアだったことも、何もかも忘れて大人になるという呪い……。

絶対にあり得ないことではありません。だって、バッドエンド王国の悪の三幹部、ウルフルン、アカオーニ、マジョリーナは、もとはメルヘンランドの妖精だったにもかかわらず、ジョーカーによって心を闇に染められてしまい、妖精だった頃の記憶を失って私たちプリキュアと戦っていたのです。

今の私たち五人も、記憶を書き換えられて生きているのだとしたら？　大切な友達も、プリキュアも、何もかも存在しないと思い込まされ、それぞれ挫折を味わっているのだとしたら……？

十年前、こんなこともありました。ジョーカーの力で、私たちは「怠け玉《なまだま》」の中に閉じ込められてしまいました。「怠け玉」の中には、つらいことや苦しいことは一切存在せず、ただだらだらと遊んで暮らせる世界が広がっていて、私たちは自分を見失ってしまったのです。しかし、みゆきさんとキャンディの呼びかけで目を覚ました私たちは、怠惰から脱却してプリキュアに変身し、新たな力に目覚めて見事脱出に成功しました。私たちの心の隙を狙ってくるジョーカーは、本当に恐ろしい敵でした。

もしかして……。私は、ある可能性に気付いて戦慄しました。

私たちが今生きているこの世界は、本当の世界なのでしょうか？　私たち五人は本当にあれから十年もの月日を生きてきたのでしょうか？　「怠け玉」のような世界に閉じ込められて、大人になったと思い込まされているだけなのではないでしょうか？

ふと、国語の教科書に載っている『胡蝶之夢』を思い出しました。荘子は、蝶になって楽しく飛び回る夢を見ました。しかし、目が覚めて、はたと気がつきます。自分が蝶になる夢を見ていたのか、それとも、今の自分は蝶が見ている夢なのか。どちらが本当なのかはわからない。

今こうして生きている私は、本当の私なのでしょうか？　これが夢ではないとどうして断言できるでしょう。
以前、お兄様の書棚にあった仮想現実に関する専門書をお借りして読んだことがありま
す。それによると、私たちが生きるこの世界は、何者かによって構築された仮想現実かも
しれないというのです。宇宙は緻密なプログラムによってシミュレートされた監獄であ
り、私たちはその中に暮らす囚人なのかもしれません。少なくとも、そうではないと否定
できる根拠はないのです。
この世界が全て虚構だなんて、まさかそんなこと……。しかし、この七色ヶ丘の街も、
学校も、そこに集う生徒や先生方も、このデスクも、学級日誌も、シャープペンも、その
芯も、消しゴムも……何もかも私の目を欺くための偽物だという可能性だってあるので
す。
私は少し冷静になろうと席を立ち、窓ガラスに映った自分の顔を見つめました。そこに
映るのは間違いなく二十四歳の私の姿です。
そう……私は青木れいか、二十四歳。この七色ヶ丘中学校二年一組の担任……。
そもそも十年も前にジョーカーは消滅し、ピエーロは倒されたのです。誰にそんな大そ
れたことができるというのでしょう。
しかし、私は気付いてしまったのです。窓ガラスに映った私の姿。その背後で、ジョー
カーが不気味な笑みを浮かべてこちらを見つめていることに……。

ああ、私はまだ疲れているに違いありません。きっと先ほどの悪夢からまだ完全に覚醒できていないのです。そう自分に言い聞かせ、目をこすります。しかし、窓ガラスに映ったジョーカーの姿は消えません。

私は意を決して背後を振り向きました。そして、絶望の声を漏らしました。

「そんな……」

職員室の隅にジョーカーが立ってこちらを睨んでいたのです。夢ではありません。幻でもありません。ジョーカーは恭しく頭を下げました。

「ハァ～イ、またお会いしましたね。キュアビューティ」

すでに他の先生方は職員室からいなくなり、室内にいるのは私とジョーカーだけです。

「ジョーカー、あなたは十年前に消滅したはず……」

ジョーカーは私にはおかまいなしに、職員室を闊歩《かっぽ》しています。

「さすがプリキュアの頭脳とも言うべきキュアビューティ。この世界が虚構だと気付いてしまうとは、恐れ入りました。ご褒美に九十九点差し上げましょう」

あまりの衝撃に、めまいを感じました。

虚構……？　にわかには信じることができません。

ジョーカーは物々しくため息をついています。

「気付かれないように夢の中からコンタクトしていたのに、困った人ですねぇ。あなた方には大人になったまま、ずーっと絶望していて欲しかったのに……」

私はハッと気付きました。

「みゆきさんたちは⁉」

「あの四人ですか？　もうこの世界から脱出されましたよ」

突如、ジョーカーは私の背後に瞬間移動したかと思うと、耳元で囁きました。

「残るはあなた一人。九十九点までは上出来でしたが、残り一点は差し上げられません。なぜならあなたはこの世界を脱出できず、物語はバッドエンドだからです」

ジョーカーはその手にトランプを出現させ、私を攻撃しようとしました。

私は反射的に駆け出し、職員室を飛び出しました。無人の廊下を逃走します。しかし、ジョーカーは瞬間移動しながら、嬉々《きき》として追いかけてきます。ジョーカーの放ったトランプによって、照明や窓ガラスが砕け散っていきます。この照明も、窓も、床も、天井も、何もかも虚構なのでしょうか。とても信じられません。

こんな時、プリキュアに変身できれば……。しかし、キュアビューティに変身するには、スマイルパクトが必要です。今の私にはそれがありません。

私の行く手にジョーカーが立ちふさがり、嘲笑します。

「残念ですが、この世界ではプリキュアに変身することはできません。大人になったあなたが変身する姿、ちょっと見てみたい気はしますがね。ハハハハハ……」

ジョーカーの顔から笑みが消え、その目が妖しく光りました。

「あなたを仲間のもとへ行かせるわけにはいかないんですよ。あなた方の力の源は、お互いを想い、苦難を乗り越えようとする、その心の強さ……。五人揃うと実に厄介ですからね」

ジョーカーは獲物を仕留める目で私ににじり寄ってきます。

「スマイルプリキュアの『絶望の物語』、第五章はここでバッドエンドです」

私には何のことか理解できません。

「第五章……？」

「ええ。ここはあなた方が主人公の物語の中なんですよ」

ジョーカーの笑い声が廊下に反響しました。

私は必死に考えます。この世界から脱出する方法……何かあるはずです。私は脱出し、みゆきさんたちと再会しなければなりません。四人にできたのですから、私にできないはずはありません。

その時、私にははっきりと声が聞こえました。

「……れいか～！　……」

キャンディの声です。どこかで私に助けを求めているのです。

「キャンディ⁉」

その声に耳を澄まします。あの方向にあるのは……図書室です！

私は本の扉の存在を思い出しました。あの頃の私たちは、本の扉を介してどこへでも瞬時に移動することができました。そんな私たちの秘密基地、それがふしぎ図書館です。

ジョーカーもキャンディの声に気付き、舌打ちします。

「全く、耳障りな妖精ですねぇ。せっかくいいところだというのに……」

ジョーカーが視線を逸らした隙に、私は駆け出しました。廊下を駆け抜け、階段を駆け上がり、図書室を目指します。

私はみゆきさんから聞いた話を思い出しました。みゆきさんが初めてふしぎ図書館に行った時も、この中学校の図書室の本棚がきっかけだったということです。

「……れいか！　助けてクル～！　……」

キャンディの声が近付いてきます。

図書室の引き戸は目前です。二年一組の教室を通り過ぎれば、すぐそこに……。

次の瞬間、図書室の中で激しい爆発が起き、私は衝撃波で吹き飛びました。

一瞬、何が起きたのかわからず、私は廊下の床で咳《せ》き込みながら身を起こします。

図書室の戸が破壊され、室内にはもうもうと煙が立ちこめています。その煙の中から悠然とジョーカーが現れました。

ジョーカーの背後で煙が晴れると、そこには無残に破壊された図書室がありました。本棚は倒れ、床に無数の本が散乱しています。

「残念。そうやすやすと本の扉を使わせると思いましたか？」

勝ち誇るジョーカーを前に、私は床に手をついたまま、愕然《がくぜん》と図書室を見つめます。

「あなたは仲間のもとへは行けません。たった一人、この世界で絶望しながらバッドエンドを迎えて下さい」

ジョーカーは死刑を宣告するように冷ややかに笑っています。

しかし、私は顔を上げ、ジョーカーを睨みました。

「いいえ。私は一人ではありません。絶望もしません」

「ほう、その強がりはどこから……？」

「この世界は虚構かもしれない。現実ではないのかもしれない。でも、私はこの世界を確かに生きました。かけがえのない大切な生徒たちと……」

そう言って、『二年一組』のプレートを見上げました。私が担任を務めるクラスです。

その教室は、私のすぐ左隣にあります。

ジョーカーが私の意図を悟り、さっと表情を変えました。しかし、私が動き出す方が一歩先でした。

私は立ち上がると、廊下の床を蹴って、二年一組の教室に駆け込みました。教卓の前を通り過ぎ、窓際に設置された本棚へと駆け寄ります。

その本棚には、私が生徒たちに推薦する本がずらりと並んでいます。それだけではありません。これまで国語の授業で生徒たちが書いた作文をまとめた文集が何冊もあります。その本棚から神秘的な光が漏れ、私を導いているようです。

「……れいか～！　……」

教室の本棚の奥からキャンディの声が聞こえてきます。間違いありません。このむこうにキャンディがいるのです。

私は本棚の前へ着くと、本や文集を素早くスライドさせます。扉の開き方は完璧に覚えていました。本を移動させるたびに、鍵が開く手応えがあります。

最後に私は、クラス全員の『道』の作文をまとめた文集をスライドさせました。『道』の作文を鍵に、この世界からの脱出の道を切り開く。運命の歯車が嚙み合った瞬間でした。

背後にジョーカーが瞬間移動して出現する気配がありました。その吐息が耳元にかかるほど間近に……。

「逃がしませんよ！」

ジョーカーの手が私の肩を摑もうとした瞬間——本の扉は開き、私は光の中に吸い込まれました。

私は神秘的な光の空間を落ちていきます。この光の先でキャンディが助けを求めています。みゆきさん、あかねさん、やよいさん、なおが、私を待っています。早くみんなと合流しなくては……。

私はジョーカーから逃げ切ったことに胸を撫で下ろし、みんなと再会できる喜びに心を躍らせながらも、漠然とした不安を抱いていました。なぜこんな事態になったのか……。

そして、思い出したのです。

私たち五人の身に降り掛かったこの不可思議な出来事。ジョーカーの言っていた、スマイルプリキュアの『絶望の物語』。その全ては、私たちが中学校の卒業式を間近に控えた、あの日から始まったということを……。

最終章　最高のスマイル

春はぽかぽか陽気のお陰で心まで温かくなる。私も笑顔満点、ウルトラハッピーな気分になれる。大好きなみんなと一緒に、この幸せを分かち合いたくなる。

しかも、明け方まで降り続いていた雨が上がり、上空には鮮やかな虹が架かっている。この街を跨《また》ぐ七色の橋は、まるで私たちの輝かしい未来を祝福してくれているみたいだ。

七色ヶ丘の街は、地形と気象上の関係で雨上がりに綺麗な虹が架かることが多い。それが七色ヶ丘の地名の由来にもなっている。

そういえば、虹の根元には宝物が眠っているっていう伝説を聞いたことがあるけど、本当なのかな？　誰か本当に探してみた人がいるのかな？　虹の根元を目指す宝探しなんて、何だかわくわくして楽しそうだよね。

もっとも、これから先のことを思うと不安な気持ちもある。みんなのことを考えると、ちょっぴり切なくて胸が苦しくなる。だけど、いつも笑顔でいればきっとハッピーな未来が待っているに違いない。

開け放った窓から差し込む陽光を浴び、私は満面の笑みでキャンディを振り向いた。

「キャンディ！　見てごらんよ。外はとってもいいお天気だよ！　虹は綺麗だし、空気は美味しいし、ウルトラハッピーな一日が始まるかも……！」

まだまどろんでいたキャンディは、目をこすりながら私を見上げる。

「みゆき～、日曜日なのにどうして早起きするクル？」

そりゃそう思うよね。学校のない休日は、こんなに早く飛び起きてキャンディを起こしたりしない。

「だって今日は特別な日なんだもん。ほら、キャンディもいつまでも寝てるとハッピーが逃げちゃうよ」

「クル……？　特別な日って、何クル？」

よくぞ聞いてくれましたと言わんばかりに私は答える。

「今日はみんなでふしぎ図書館に集合して、卒業旅行の計画を練るんだ。あかねちゃん、やよいちゃん、なおちゃん、れいかちゃん、みんなで一緒にね。う〜ん、どこへ行って何しようかなぁ。迷っちゃうなぁ♪」

あれこれ想像しているだけでわくわくと胸が躍る。

悪の皇帝ピエーロを倒し、プリキュアとして世界を救った私たちは、あれから一年を経て、七色ヶ丘中学校の三年生になっていた。春は別れの季節とも言われる通り、私たちにも別れの時が近付いている。来週には卒業式を控えているのだ。私たち五人は、夢に向かってそれぞれの道を歩んでいく。

「はぁ〜、卒業かぁ……」

私がため息まじりにつぶやくと、キャンディが机に飛び乗り、キョトンとした顔で訊ねた。

「ソツギョウって……何クル？」

私はガクッと机に突っ伏す。

メルヘンランドから地球にやってきて以来、ずっと一緒だったキャンディ。その正体は、メルヘンランドの次期女王様だった。ピエーロとの戦いで絶体絶命の時、ミラクルジュエルの力で私たちプリキュアを救ってくれた。もっとも次期女王様だというのに、キャンディは今までと変わらず私と一緒に過ごしている。

「えっとね、私たち、もうすぐ七色ヶ丘中学の生徒じゃなくなるの。中学生から高校生になって、それぞれの道を進んでいくんだよ」

「えー⁉ みんなバラバラになっちゃうクル？ そんなの嫌クル！ みんなとずっと一緒にいたいクル～！」

「もー、キャンディったら。ずっと離れ離れになるわけじゃないよ」

五人とも七色ヶ丘にある高校に進学するので、この街を離れるわけではない。けれど、なおちゃんはスポーツ推薦でサッカーの強い高校へ、れいかちゃんは七色ヶ丘で一番の進学校へ、それぞれ入学することが決まっている。私、あかねちゃん、やよいちゃんの三人は一緒の高校だ。

「今までみたいに毎日みんなで会えなくなっちゃうね。ちょっと寂しくなるかも……」

先日やよいちゃんがそう言ったのを聞いて、あかねちゃんが提案したのだ。

「五人で卒業旅行行かへん？　前に本の扉で世界一周旅行に行ったやろ。まだまだ世界には行ったことない場所が山ほどあるねん。中学最後の想い出作りや！」

「それいい！　行く行く！　みんなでウルトラハッピーな想い出たくさん作っちゃおう！」

というわけで、今日はふしぎ図書館に五人で集合し、卒業旅行の行き先と計画について話し合うことになっている。あかねちゃんたちも、きっと行き先の候補地を考えてきてくれるはずだ。

思い出すなぁ、初めてふしぎ図書館へ迷い込んだ時のこと。七色ヶ丘に引っ越してきて、登校初日、図書室の本棚に吸い込まれたんだっけ。キャンディに出逢ったのも、あの日だった。私たちのプリキュアとしての物語も、全てはあの日から始まったんだよね……。

不吉な前兆は、ふしぎ図書館に行く前から現れていた。今思い返すと、もっと早く気がつくべきだったんだ。

朝食を済ませた私は、キャンディを抱いて部屋の本棚に向き合った。

「では、ふしぎ図書館へ、レッツ・ゴー……」

と言いながら、本棚の本をスライドさせようとした時だった。開けっ放しの窓から突風が吹き込んだ。レースのカーテンがはためき、デスクの上に置いてあった絵本のページがバタバタとめくれる。

「いけない。窓、閉め忘れてた……」

私は慌てて窓を閉める。何だか不吉な予感のする風だったな……。

そう思いながら、デスクの上の絵本のページを閉じる。それは『最高のスマイル』だ。キャンディと出逢い、プリキュアとなってこの世界を救うまでの出来事を描いた、世界にたった一冊の絵本。そういえば、最近開いてなかったなぁ。

「みゆき？　どうしたクル？」

その声で我に返った私は、『最高のスマイル』を手に取り、胸に抱きしめた。

久しぶりにこの絵本をみんなで読み返して、想い出話に花を咲かせよう。たくさん泣いて、たくさん笑ったあの懐かしい日々を、みんなで思い返そう。

「よーし、今度こそ、ふしぎ図書館へレッツ・ゴー！」

意気揚々と私は本の扉を開いた。私とキャンディは光の空間に吸い込まれていく。

胸に抱いた『最高のスマイル』の絵本が、なぜか生きているみたいにドクン！　と鼓動した気がした。けれど、そんなはずないよね。きっと気のせいに違いない。そう思った。

ふしぎ図書館は、この世のどこでもない。私たちの暮らす世界とは異なる空間にあって、世界中のメルヘンが集まる素敵な場所だ。図書館と言っても、ただの図書館じゃない。鬱蒼《うっそう》とした森のような空間で、巨大な木の根や幹が入り組み、神秘的な木漏《こも》れ日《び》に満ちている。その中央に、見上げるほどの大きさの木の切り株がある。切り株はキュアデコルの力で可愛いらしい家にアレンジされていて、その中が私たちのたまり場だ。

プリキュアになったばかりの私たち五人が、ふしぎ図書館を秘密基地に決めるまでには、ちょっとした紆余《うよ》曲折があった。地面には巨大な穴ぼこがあって、ここを秘密基地にするのは無理だよね、という話になり、本の扉を使っていろいろな候補地をめぐって秘密基地を探し回ったのだ。

でも、やっぱりこのふしぎ図書館が一番ふさわしいという結論に落ち着いた。本当に探し求めていたものは、どこか別の場所ではなく、私たちのすぐ近くにあったんだ。

「みんな！　お待たせ～！」

私とキャンディが到着すると、あかねちゃん、やよいちゃん、なおちゃん、れいかちゃんは、すでに集合してテーブルを囲んでいた。テーブルの上には紅茶のカップがあり、湯気を立てている。

「みゆき、遅いわ。何しとったんや」

あかねちゃんが頬を膨らませている。

「ごめんごめん。せっかく早起きしたのに、準備に手間取っちゃった。……ん？　れいかちゃん、何書いてるの？」

れいかちゃんは一人真剣な表情で筆を握り、テーブルの上に広げた真っ白な掛け軸に何か書いている。

「できました」

その掛け軸には、おなじみの美しい字で『卒業旅行への道』と書かれている。れいかちゃんはそれを部屋の壁に掛け、満足そうに見つめると、私たちを振り向いた。

「卒業旅行とは、中学校生活三年間を総括する旅です。みなさん、この旅の一歩一歩が、将来の夢へとつながっている。そんな心構えで、行き先は慎重に決めましょう」

「そんな大袈裟な旅なんか？　遊びに行くんとちゃうの？」

あかねちゃんがシラけた顔でツッコミを入れる。

私は気を取り直し、司会者よろしくみんなを見回す。

「えー、それでは！　全員揃ったところで、これより卒業旅行の行き先を決める会を始めたいと思います！」

みんなが一斉にパチパチパチと拍手した。キャンディもテーブルの上で手を叩いている。

私は持ってきた絵本や小説を取り出して、テーブルの上に広げた。どれも私の大好きなハッピーエンドの物語ばかりだ。

「みんな、どれがいいと思う？」

「えーっと、みゆきちゃん、これは何？」

なおちゃんが戸惑い気味に訊ねる。

「もちろん、旅の行き先を決めるための参考資料だよ。第一候補は、『赤毛のアン』の舞台になったカナダのプリンス・エドワード島。前からぜひ一度行ってみたかったんだよね。で、第二候補は、『宝島』の舞台になったとも言われているケイマン諸島。みんなで宝探しをするのもアリかなーなんて……」

「宝探し!?　何だかわくわくするかも！」

やよいちゃんが目を輝かせ、興奮気味に頷く。

「でしょでしょ～！」

でも、あかねちゃん、なおちゃん、れいかちゃんの反応は微妙だ。

「みゆき～、それ自分の趣味全開やんか」

「じゃあ、あかねちゃんはどこがいいと思うの？」

「フッ、みゆき、よくぞ聞いた！」

あかねちゃんはグルメ雑誌を取り出し、ページを開いてみせた。

「卒業旅行ちゅうたら、グルメに決まっとる。題して『全国縦断お好み焼き食べ尽くしツアー』や！」

「おお～！　これ美味しそう♪」

いつも張り合うことの多いなおちゃんが、珍しくあかねちゃんに乗っかってグルメ雑誌を食い入るように見ている。

私はジト目であかねちゃんを見つめる。

「あかねちゃんも趣味全開なんじゃ……」

「趣味ちゃう！　ウチのは立派な仕事や！　お好み焼きちゅうても、全国各地で少しずつ具材も作り方も違うねん。全国のお好み焼き食べ尽くして、味の研究に役立てるんや」

「それよりあかねちゃんは、イギリスにいるブライアンに会いに行きたいんじゃないのー？」

「な、何ゆうとんねや。ブ……ブライアンはどうでもええねん！」

あかねちゃんは赤面する。もー、ホントわかりやすいんだから。

やよいちゃんがおそるおそる挙手《きょしゅ》した。

「あのー、せっかく全国縦断するなら、私、ヒーローショーめぐりがしたいな。全国各地にいろんなご当地ヒーローがいるんだよ。まだこの目で見たことのないヒーローもいっぱい……」

「ヒーローはテレビとマンガで十分やろ！」

「だって、本物のヒーローと握手したいんだもん」

やよいちゃんには構わず、なおちゃんが提案する。

「それよりあたしはスペインでサッカー観戦したいな」

今度はれいかちゃんが提案する。

「みなさん、折衷案ということで、富士登山はいかがでしょう？」

みんな一斉に椅子からずり落ちる。

「何で折衷案で富士登山なんや！　意味わからん！」

「千里の道も一歩から。卒業後に私たちの歩む夢への道のりは、厳しいものとなるでしょう。けれど、苦しい時、挫折しそうになった時、日本最高峰の富士山に登頂したという想い出は、何ものにも代え難い自信につながるはずです」

「秘密基地を探した時に却下されたよね？　風邪ひいちゃうよ」

と、なおちゃんがあきれ顔だ。

「だいたい何で本の扉があるのにわざわざ苦労して登山せなあかんねん」

私たちの意見はてんでバラバラで、全然まとまらない。見かねたキャンディがテーブルの上をぴょんぴょん飛び跳ねながら叫ぶ。

「みんな！　一つに決めなくてもいいクル！　全部行けばいいクル！」

「そうか！」

私は本の扉を使って世界一周旅行をした時のことを思い出した。あの時も世界中のいろんな国をめぐったっけ。フランスのベルサイユ宮殿ではお姫様気分を味わった。台湾ではグルメを堪能した。それに、モンゴルの大平原、中国の万里の長城、ニューヨークの自由の女神像、エジプトのピラミッドとスフィンクス、イースター島のモアイ像、イタリアのピサの斜塔、ロンドンのビッグ・ベン、南米のアマゾン川……。どの場所も印象に残っている。

「じゃあ、キャンディが言う通り、『赤毛のアン』の舞台のプリンス・エドワード島と、全国縦断お好み焼き食べ尽くしツアーと、全国ご当地ヒーローショーめぐりと、スペインのサッカー観戦と、富士登山ということで……」

「カオスや！　そんなんいっぺんに無理やろ！」

うーん、確かに……。あかねちゃんのツッコミももっともだ。話し合いはまとまらず、私たちは黙り込んでしまった。

「ねえ、みんな。卒業旅行までまだ時間があるから、それぞれもう一度考え直さない？」

私が提案すると、みんな微笑して頷いた。

「せやな。もうちょい候補を絞らなあかんやろし」

なおちゃんも続ける。

「あたしたち五人にふさわしい場所を、一ヵ所決めるべきなんじゃないかな？」

私たちは考え込んだ。私たち五人にふさわしい旅行先って、一体どこなんだろう……。

沈黙を破って、私は立ち上がった。

「それじゃ、卒業旅行の件はひとまず保留ということで……続きまして、第二部へ移りたいと思います！」

みんなキョトンとした顔で私を見つめる。

「何や、第二部って？　今日は卒業旅行の行き先決めるだけとちゃうんか？」

「えへへ、私思ったんだけど、もうすぐ卒業だから、今日は一人ずつ発表するっていうのはどう？」

「発表って、何を？」

やよいちゃんの質問に私は答える。

「将来の夢！　これからどうなりたいのか、どんな仕事を目指したいのか、この場で五人で発表し合うの。みんなの夢、ちゃんと聞いたことなかったなぁと思って……」

みんなとはいつも一緒に歩んできたけど、将来の夢についてあらたまって語り合うことはなかった。卒業を目前に控えたこの機会に、ちゃんと聞いておきたい。そう思っていた。

すると、れいかちゃんがニッコリ笑って立ち上がった。

「素晴らしい提案だと思います。さっそく私から発表してもよろしいですか？」

「もちろん！　トップバッター、れいかちゃん、お願いします！」

れいかちゃんは礼儀正しくお辞儀をして話し始めた。

「私の将来の夢は、中学校の教師になることです。人間とは生涯学び続けるもの。生徒たちと共に勉学に励み、部活動で心を磨き、それぞれの生徒たちが歩むべき道を見つける手助けをしたいのです。まだ遠い先の夢ですが、それが私の進む道です」

「れいかちゃんが先生かぁ〜。ぴったりかも！　生徒にも人気出そう！」

続いてあかねちゃんが立ち上がった。

「ほな、次はウチな。夢はもちろん、お好み焼き屋『あかね』を継いで、日本一の店にすることや。つまり商売繁盛！　みんな大人になっても『あかね』に食べに来てや！」

「行く行く！」

とやよいちゃんが手を挙げて答える。

「ねえ〜、ブライアンとはどうなの〜？」

私がニヤニヤとあかねちゃんの脇腹を指で突くと、あかねちゃんはまた赤面した。

「せやからブライアンは関係あらへん！」

なおちゃんが立ち上がった。

「あたしはサッカー選手！　もちろん高校でも女子サッカー部に入るよ。家族みんなが応援してくれてるしね。将来はなでしこジャパンのメンバーになるのが夢！」

「なおちゃんなら絶対サッカー選手になれるよ。私も応援に行く！」

　続いてやよいちゃんが恥ずかしそうに立ち上がった。

「私はやっぱりマンガ家かな。『ミラクルピース』が佳作になった『週刊少年スマイル』って雑誌の編集の人がね、私のマンガをすごく評価してくれているの。いつか連載が持てたらいいいな」

「やよいちゃん、すごい！　将来は大先生だね！」

「そんな、まだ決まったわけじゃないけど……」

　そうは言いながらも、やよいちゃんは嬉しそうにもじもじしている。

　テーブルの上でキャンディが宣言する。

「キャンディの夢は、メルヘンランドの立派な女王様になることクル！」

「応援するよ。キャンディの夢！」

　みんなの夢を聞くことができて、私は心の底からウルトラハッピーな気分になった。夢を語るみんなの目はキラキラと輝いていて、私たちはまっすぐ未来へ向かって進んでいく。

「こらこら、みゆき、自分だけまだ発表しとらんで？」

「あっ、そうでした」

　あかねちゃんにせっつかれて私は立ち上がった。みんなの笑顔が私の方を向いている。

　夢について幼い頃に訊ねられたら、きっと絵本の中の登場人物になること……と答えていただろう。今でもその願望はあるけれど、真剣に将来を見据えた時、私には揺るぎない夢があった。

「私の夢は、童話作家になって、自分の描いた本をたくさんの子供たちに読んでもらうこと。私が『楽しい！』って感じたことを、たくさんの人たちに伝えていきたい。そうやってみんなに笑顔を分けてあげることができるなら、それが本当のウルトラハッピーだと思うから」

私は家から持ってきた『最高のスマイル』の絵本を取り出した。

途端、みんなの笑顔がパッと輝く。

「それって、前にみゆきちゃんが描いた……」

なおちゃんの言葉に、私は頷く。

「私たちがプリキュアになって、この世界を救うまでの出来事を絵本にした、『最高のスマイル』だよ！」

私が絵を描き、文章を書いて仕上げた絵本。ページを開くと、そこに私たちプリキュア五人とキャンディの絵がある。

「キャンディもいるクル！」

みんな絵本を囲み、ページを食い入るように見ている。見つめているだけでたくさんの想い出が甦り、自然と笑顔が溢れてくる。この絵本にはみんなのハッピーがたくさん詰まっているんだ。

「みゆきさん、せっかくの機会ですから、久しぶりに読んで下さいませんか？」

れいかちゃんが提案してくれた。

「あたしも聞きたい！」

「みゆきちゃん、読んで読んで♪」

なおちゃんとやよいちゃんにも促され、私はコホンと咳払いした。

「では、ご要望にお応えして……」

「何や、初めから読む気満々だったんかいな」

私はみんなが見えるように絵本をテーブルの上に置き、一ページ目を開いた。

「あるところに、星空みゆきという中学二年生の女の子がいました。ハッピーなことが大好きで、いつもスマイルでいればきっとハッピーなことが待っていると信じている笑顔満点の女の子です……」

ページをめくり、読み進めるにつれて、私の脳裏にたくさんの出来事が鮮やかに甦る。

ジョーカーによってバッドエンド王国に連れ去られたキャンディを救うため、みんなで一致団結して立ち向かったこと。メルヘンランドで妖精の姿に変身し、妖精のみんなと交流したこと。『シンデレラ』の絵本の世界へ吸い込まれてしまい、絵本の中の登場人物になって奮闘したこと……。キャンディ、あかねちゃん、やよいちゃん、なおちゃん、れいかちゃん……みんなもじっと聞き入りながら、一年前の数々の出来事に想いを馳《は》せている。

「……こうしてみゆきたちの新たな物語が幕を開けました。五つの光が導く未来には、果たしてどんな輝かしい世界が待ち受けているのでしょう」

私が読み終えると、みんなは満面の笑みで拍手をした。私はみんなの顔を一人一人見つめる。

私たちは夢に向かって一歩ずつ歩んでいく。これから先、どんなことが起きるか、それはわからない。だけど、プリキュアとして歩んだ想い出、この絵本に描いた想い出を胸に刻んで生きていけば、どんな試練にだって負けない。みんなの頼もしい顔を見つめていると、底知れない勇気が湧いてきた。

「みんな。夢に向かって、ここからスタートだね」

私が言うと、みんな無言で大きく頷いた。

そう、ここから始まるはずだった。夢へ向かう私たち五人の新たな物語が……。

まさか、あんなことが起きるなんて……。

「……あれ？」

『最高のスマイル』の最後のページを見ていた私は、小首を傾げた。全ての物語が終わった後の白紙のページに、何か黒い染みのようなものがある。黒い絵の具をこぼしたみたいに汚れているのだ。こんな染み、前からあったっけ？　いつの間に？　そういえば、さっきふしぎ図書館に来る前、窓から吹き込んだ風に煽られてページがバタバタめくれていたけど、あの時に風に乗って何か飛んできて付着したとか……？

突如、異変が起きた。紅茶のカップがカタカタと音を立てて小刻みに揺れ始めた。『最高のスマイル』が、テーブルの上で勝手に振動している。

「この本……生きてる⁉」

途端、ページに付着していた黒い染みがページ全体、絵本全体にぼわっと膨張するように広がったのだ。絵本は表紙も中身も黒く染まり、ドクン！　と生きているように鼓動する。

「何や、これ⁉」

みんな呆気にとられて見つめることしかできない。

黒く染まり、ドクンドクンと鼓動する絵本は、テーブルの上から舞い上がった。私たちは捕まえようとしたけど、絵本はバタバタとカラスのようにページを羽ばたかせながら私たちの手をすり抜けたかと思うと、ドアを破って部屋を出て行ってしまった。

「あ〜！　待って〜！」

私たちは絵本を追って部屋を飛び出した。部屋の外には、四方八方に本棚がそびえ立ち、木々が生い茂るふしぎ図書館の広大な空間がある。黒く染まった『最高のスマイル』は、その中央で止まり、空中に浮遊している。

私たちは絵本を取り囲んだ。

「みんな！　気をつけるクル！」

キャンディに注意を促され、私は悟った。これはただ事じゃない。バッドエンド王国の仕業なんじゃ……？　でも、もうジョーカーは消え、ピエーロは倒され、ウルフルンもアカオーニもマジョリーナも、メルヘンランドの妖精に戻ったはず。だったら一体……。

次の瞬間、空中の絵本はひと際大きくドクン！　と鼓動したかと思うと、人の背丈ほどのサイズまで膨張し、ページの中から邪悪な黒い稲妻を放った。

「みんな！　危ない！」

なおちゃんが叫び、私たちは地面に伏せた。

普段は静謐《せいひつ》な空気に包まれているふしぎ図書館の空間が、落雷を受けてびりびりと振動するのが伝わってくる。顔を上げ、私は息をのんだ。

黒い稲妻は四方八方に乱射され、ふしぎ図書館の空間が闇に覆われていく。世界中のメルヘンが揃っている本棚も、巨大な木の幹や根も、黒く染まっていく。まるで、バッドエンド王国の幹部たちが「闇の黒い絵の具」を使って出現させたバッドエンド空間みたいだ。けれど、あれよりももっと邪悪で、もっと不吉な予感がする……。

「やめて！　私たちのふしぎ図書館をめちゃくちゃにしないで！」

私が叫んだ時、急に黒い稲妻が止《や》んだ。

私たちはおそるおそる立ち上がった。空中には、黒く染まって人の背丈ほどの大きさになった『最高のスマイル』が依然として浮かんでいる。

辺りを見回すと、天から降り注ぐ神秘的な木漏れ日も黒い霧に遮られている。木の幹や根は腐食したみたいに汚れている。本棚の本も黒い煤《すす》に覆われたみたいに闇に染まっていた。

世界中のメルヘンが闇に染まってしまった！

私は本棚の一つに駆け寄り、本をスライドさせようとした。けれど——。

「本が動かない⁉」

本棚の中の本は、黒い煤のようなものにびっしりと覆われ、動かそうとしてもびくともしない。

「んなアホなことあるか！」

あかねちゃんも駆け寄り、渾身《こんしん》の力で本を動かそうとした。けれど、一ミリたりとも動かすことができない。

「こっちもダメだ！」

なおちゃんも別の本棚を試して愕然としている。本棚の本は、まるで全て接着剤で固定されてしまったかのようだ。

やよいちゃんが絶望的な表情でつぶやく。

「本の扉が使えないってことは……」

「私たちは、ふしぎ図書館に閉じ込められてしまったということ……」

れいかちゃんの言葉に私たちは絶句する。キャンディは泣き出しそうな様子でおろおろしている。

どこからか、クククククッ……という不気味な笑い声が聞こえてきた。

「誰⁉」

私たちは辺りを見回す。けれど、黒い霧の中に声の主は見当たらない。

「ここですよ、ここ」

ひと際はっきりと声が聞こえ、私たちは頭上に浮かぶ肥大化した絵本を見上げた。そして、息をのんだ。

ページの中から、何かが立体的に浮き上がってくる。見覚えのあるその姿は——。

「ハア〜イ、プリキュアのみなさん！」

「ジョーカー⁉」

まるで飛び出す絵本を開いたかのように、ページの中からジョーカーが身を乗り出して冷笑している。

「いやぁ、嬉しいなぁ。またみなさんの絶望に歪む顔が見られるなんて……」

絵本のページは今や人間の背丈ほどの大きさに膨張しているので、ジョーカーも本来のサイズで私たちを見下ろしている。

「よくもピエーロ様を倒してくれましたね。まさかあの絶望の底から這い上がるとは、恐れ入りました」

「どうして⁉　あなたはピエーロに吸収されて消えたはずじゃ……」

私はジョーカーが消えた瞬間を思い出した。悪の皇帝ピエーロが目覚める瞬間、ジョーカーはドロドロの黒い絵の具に飲み込まれて、自らピエーロの一部となった。あの瞬間の不気味な歓喜の声を、今でも鮮烈に思い出すことができる。

そのジョーカーが、どうしてここに……。まさか、私が絵本に描いた絵が具現化したとでもいうの？

「あなた方プリキュアに会うためなら、何度だって甦りますよ。たとえ肉体を失い、怨念だけの存在になってもね」

「怨念……？」

ジョーカーの目がつり上がり、口元が歪む。

「私はピエーロ様の一部となっていたお陰で、その強大なバッドエナジーを継承し、不死の存在となったのです。こうしてみなさんに再会できる瞬間を心待ちにしていました」

れいかちゃんが毅然とジョーカーを睨む。

「肉体を失ってもなお、私たちへの復讐心《ふくしゅうしん》を糧に今までこの世界を彷徨《さまよ》っていた。そして今、みゆきさんの描いた絵本を依《よ》り代《しろ》に実体化し、こうして語りかけている。そういうことですか？」

「さすがキュアビューティ、飲み込みが早いですねぇ」

私は戦慄する。

「じゃあ、やっぱりあの時……！」

ふしぎ図書館に来る前、窓から突風が吹き込んだ時、何か不吉な予感がした。あの時、ジョーカーの怨念が私の部屋に飛び込み、『最高のスマイル』の絵本に取り憑《つ》いたんだ。

「返して！　それは、私たちの想い出が詰まった大切な絵本……」

「大切な絵本だからこそ、依り代にお借りしたんですよ」

「……!?」

「あなた方プリキュアに復讐するには、ただ倒すだけではつまらない。あなた方の大切なものを闇に染め、徹底的に絶望していただかなくてはなりませんからね」

私たちは言葉を失う。私たちの大切なもの——それはつまり、私たちの想い出の結晶である『最高のスマイル』の絵本、そして、私たちの秘密基地であるふしぎ図書館……。

「みんな！」

私たち五人は視線を交わすと、スマイルパクトを取り出した。ずっと平和な日々が続いていたので、プリキュアに変身するのは久しぶりだ。

『最高のスマイル』も、ふしぎ図書館も、私たちの手で取り戻してみせる！

ところが——瞬時に異常に気付いた。私たちのスマイルパクトは、五つとも黒い煤のようなものに染まっていて反応しない。硬直してしまった本棚の本と同じだ。

「何や、この汚れ⁉　いつの間に……」

あかねちゃんがスマイルパクトの黒い煤を払おうとする。が、まるで石化してしまったみたいだ。

「あっ、言い忘れましたが、この空間ではプリキュアに変身することはできません。ピエーロ様より受け継いだ強大なバッドエナジーで満ちていますからね。お気付きの通り、本の扉を使って脱出することも不可能です」

勝ち誇るジョーカーに向かって、キャンディが言い返す。

「こんなことしても無駄クル！　お兄ちゃんが助けに来てくれるクル！」

ジョーカーは絵本のページからいっそう身を乗り出し、キャンディを睨んだ。

「あのポップとかいう邪魔な妖精のことですか？」

ポップは今、メルヘンランドにいる。ふしぎ図書館の異変に気付けば、すぐさま助けに飛んできてくれるはずだ。けれど、ジョーカーの表情は変わらない。

「そんなの来ませんよ。ご覧の通り、今や世界中のメルヘンがバッドエンドに染まりました。今頃メルヘンランドも闇に閉ざされていることでしょう」

キャンディの顔が絶望に歪む。

「それに、本の扉が使えないということは、ここから出られないだけじゃありません。どうやったって、外の世界からこっちへ来ることもできないんですよ」

私たちは絶句する。ジョーカーは私たちの秘密基地に侵入するチャンスをずっとうかがっていたに違いない。私は自分の行動を悔やんだ。私が『最高のスマイル』をここへ持ってきてしまったがために……。

ジョーカーがパチンと指を鳴らすと、キャンディに向かって黒い稲妻が放たれた。

「クル〜‼」

キャンディは全身が痺れて悲鳴を上げた。その体がジョーカーの頭上まで浮かんだかと思うと、稲妻が黒い鎖となって空中でキャンディを拘束した。

「キャンディ……！」

私たちは頭上で縛られてもがいているキャンディを救出すべく、駆け寄る。

「ハイハイ、みなさん、近付かないで下さい」

もう一度ジョーカーが指を鳴らすと、またしても黒い稲妻が放たれ、鎖に拘束されたキャンディは大きな悲鳴を上げた。

「クル～～～～～～！」

私たちはどうすることもできず、立ちすくむ。

「卑怯だよ！　キャンディを放して、正々堂々勝負しなさい！」

なおちゃんがジョーカーに向かって勇敢に叫ぶ。

「そうや！　キャンディを狙うなら、ウチらを狙えばええやろ！」

「そうですか。では、遠慮なく……」

ジョーカーの指がパチンと鳴り、私たちに向かって黒い稲妻が迸《ほとばし》った。

「きゃあ！」

全身を激痛が襲い、私たちは地面に倒れる。ただ一人、あかねちゃんだけはそれを避《よ》けて駆け出したかと思うと、バレーボールで鍛えた脚力で、頭上のキャンディに向かって跳《ちょう》躍《やく》した。が、その手がキャンディに触れる直前――あかねちゃんに黒い稲妻が直撃した。

「うあああああああ！」

苦悶の叫びを上げ、地面に落下する。

「あかねちゃん！」

やよいちゃんが駆け寄り、あかねちゃんを助け起こす。

今度はなおちゃんが風のような速さで走り、ジョーカーの背後に回り込むと、隙を突いてキャンディを助けようとした。が、ジョーカーはそれも見逃さない。なおちゃんは黒い稲妻に攻撃され、転倒した。

「く……ッ！」

れいかちゃんがなおちゃんを助け起こす。

ジョーカーは、やれやれという大袈裟な素振りでため息をつく。

「気に入りませんねぇ。みなさんのその助け合いの精神。そうやってお互いを想い、力を合わせることが美しいと信じきっている。ホントに愚かな人たちだ」

「愚かなんかじゃない……！」

叫ぶや否や、私は立ち上がった。

「私たちはいつだって五人で助け合って、どんなつらいことも乗り越えてきた！」

やよいちゃんも立ち上がり、勇気を振り絞る。

「そうだよ。キャンディを救うためなら、私たちは何度だって立ち上がる！　たとえプリキュアに変身できなくても……」

絵本の中のジョーカーは、私たちの頭上をひらひら浮遊しながら笑う。

「そうか、すっかり忘れていましたよ。キャンディ君はただの妖精じゃない。メルヘンランドの次期女王ですもんね。そりゃみなさんがムキになる気持ちもわかります」

「女王様だからやない！」

あかねちゃんに続けて、れいかちゃんが叫ぶ。

「大切な友達だからです！」

私はジョーカーを見据えて叫んだ。

「私たちのキャンディを返して！」

ジョーカーは、クククククッ……と嘲笑を漏らしたかと思うと、突然真顔になって私たちを見下ろした。

「では、みなさん、私とゲームをして下さい」

「ゲーム……⁉」

突然の意外な提案に私たちは押し黙る。

「みなさんが全員クリアできれば、キャンディ君を解放してあげましょう」

私は一年前の夏休み最後の日を思い出した。マジョリーナの生み出した「ゲームニスイコマレ～ル」という不思議なサイコロの力で、私たちはゲームの世界に吸い込まれてしまった。そこは遊園地のような空間で、モグラたたきやボウリングなど、全てのゲームをクリアしなければもとの世界へは戻れないという。私たちは力を合わせて三幹部とゲームで対決し、何とかその世界を脱出することができた。今、ジョーカーは私たちに新たなゲームを仕掛けようとしている。一体何を企《たくら》んでいるんだろう。

ジョーカーは絵本からさらに身を乗り出した。その背後のページに文字が浮かび上がる。

私たちは息をのんだ。それはこんな目次だった。

第一章　星空みゆき
第二章　日野あかね
第三章　黄瀬やよい
第四章　緑川なお
第五章　青木れいか

ジョーカーの意図がわからず、私たちは各章のタイトルになっている自分の名前をただ見つめるしかない。ジョーカーは続けた。

「『最高のスマイル』の物語——その続きをみなさんに体験していただこうというわけです。先ほど聞かせていただきましたよ。みなさんの将来の夢。いや〜、実に傑作でした。私、思わず笑っちゃいましたよ」

「ウチらの夢の何が可笑しいんや⁉」

あかねちゃんがすぐに叫んだ。

「あなたに私たちの夢を笑う資格はありません」

れいかちゃんが静かな怒りを込めて言い放った。

「だってみなさん、考えが甘いんですもん。夢は叶うって本気で信じているんですか？　この先、自分が思い描いた通りのハッピーな未来が必ず待っているとでも……？」

私に答える隙を与えず、ジョーカーがぬうっと私の鼻先まで顔を近付けた。

「甘すぎるんですよ！　あなた方、自分が絵本の登場人物にでもなったつもりですか？　確かに物語の中では奇跡が起きます。夢は叶います。でもね、人生は必ずしもハッピーエンドとは限らないんですよ！」

私たちは言葉を失った。人生は必ずしもハッピーエンドとは限らない。ジョーカーの言葉は、確かに正しいのかもしれないと心のどこかで思ってしまったからだ。

けれど、私は気圧されず、一歩前へ出た。

「そんなことないよ。未来を信じて進めば、きっとハッピーなことが待ってるんだから！」

私の主張に、ジョーカーはニヤリと返す。

「では、試しに行ってみますか？　未来へ……」

「未来……？」

「ゲームのルールを説明しましょう。みなさんにはこれより未来の世界へ行き、『絶望の物語』の主人公になっていただきます。私の闇の力で進化した『絶望の本の扉』を通ってね」

私たちは黒く染まった周囲の本棚を見回した。本棚がジョーカーの言葉に応えるように
ドクン！　と脈打った。この黒い本の扉のむこうが、私たちの未来へ繋がっている……？

「みなさんの行き先は、今から九年先の未来です。二十四歳。すっかり大人になり、社会の荒波に揉《も》まれていることでしょう。人生に悩んだり迷ったりしていることでしょう。でも、みなさんは夢をあきらめませんよね？　どんな絶望も乗り越えられますよね？」

ジョーカーは挑発的に私たちを見下ろす。

「もちろん。私は童話作家になる」

「ウチはお好み焼き屋を繁盛させたる」

「私はマンガ家」

「あたしはサッカー選手」

「私は教師に」

私たち五人は視線を交わし、頷き合った。

「私たちは絶対に夢をあきらめない！」

その宣言はジョーカーへの返答というよりも、未来の私たち自身に対する誓いだった。

ジョーカーは可笑しくてたまらないという表情で言う。

「その言葉、待っていましたよ。ではみなさん、全五章の『絶望の物語』、どうぞご堪能下さい。みなさんがそれぞれの絶望を乗り越えた時、本の扉が開き、再びここへ帰ってこ

られるでしょう」

　あかねちゃんが鼻で笑う。

「ウチら五人が力を合わせれば、そんなん楽勝や！」

　ジョーカーが大袈裟な素振りで続ける。

「おっと！　一つ大事なことを言い忘れていました。この『絶望の物語』の中では、みなさんが共に過ごした想い出は消去させていただきます」

　私は愕然として訊ねる。

「想い出が消去されるって……どういうこと⁉」

「『絶望の物語』の中では、みなさんが友達だったということも、プリキュアだったということも忘れてしまうということです。希望に満ちた想い出は、『絶望の物語』の妨げになりますからね。みなさんは人生の荒波にたった一人で漕《こ》ぎ出し、その試練を乗り越えるのです。ごく普通の一人の女性として……」

　私たちはその意味に気付き、言葉を失う。

　ジョーカーが私たちの未来を『絶望の物語』と呼ぶ理由がようやくわかった。私たちがキャンディと出逢い、プリキュアとなって五人で苦難を乗り越えてきた想い出は、何ものにも代え難い宝物だ。その想い出を奪われてしまうなんて……。

　私は声を震わせる。

「どうしてそんなヒドいこと……」

「言ったでしょう。あなた方の信じる大切なものを闇に染め、徹底的に絶望していただくためです。私は見てみたいんですよ。みなさんが大人になり、友達のことなどすっかり忘れて人生に絶望している姿が……。輝かしい夢など見失い、大人になって惨めに生きている姿が……。ハッピーエンドをバッドエンドに変える快感は、何ものにも勝る喜びですからね。ククククク……あははははははは！」

ジョーカーは甲高い声で笑い続けた。まるでもう私たちに勝利し、世界の全てをバッドエンドに染めてしまったかのようだ。

「そんなん嫌や。みんなとの想い出がなくなってまうなんて……」

あかねちゃんがつぶやくと、やよいちゃんも続ける。

「私も……みんなのこと忘れちゃうなんて、耐えられない」

「何もかもなかったことになるなんて……あたしも嫌だ！」

「想い出を失くしてしまったら、私たちは一体何を信じれば……」

みんな目に涙を浮かべて別れを惜しんでいる。

頭上で黒い鎖に縛られているキャンディも涙目で訴える。

「キャンディも嫌クル……。みんなキャンディのこと忘れちゃうなんて、絶対に嫌クル！」

ジョーカーが仰々しくかぶりを振る。

「おやおや、さっきまでの威勢はどこへやら。あんなに目をキラキラさせて夢について語り合っていたじゃありませんか。もたもたしていないで、早いところ決断していただけませんかねぇ。『絶望の物語』がみなさんを待ち侘《わ》びていますよ」

絶望……。そう、私たちの未来には必ずしもハッピーなことばかりとは限らない。壁にぶつかり、挫折しそうになることもあるかもしれない。けれど……。

私は涙を拭い、みんなの顔を見つめ、言った。

「みんな、行こう」

あかねちゃん、やよいちゃん、なおちゃん、れいかちゃんが、私を見つめ返した。

「たとえ想い出が消えても、私たちの絆は変わらない。離れ離れになっても、笑顔だけは忘れない。私たちは五人でスマイルプリキュアなんだから」

みんなの表情から希望と決意が満ちあふれてくる。

「みゆきの言う通りや」

「私、絶対にあきらめない」

「たとえ離れ離れになっても……」

「私たちは心で繋がっています」

私たちは頭上で拘束されているキャンディを見上げた。

「キャンディ、必ず助けてあげるから、信じて待っててね」

キャンディは涙をこらえながら私たちを見下ろしていたが、やがて泣きながら笑顔を作った。バイバイする時はスマイルで。それは、キャンディがお兄ちゃんのポップと交わした約束だった。

黒く染まった本棚の一つが、不気味にドクン！　と脈打った。「絶望の本の扉」が私たちを誘っているのだ。私たち五人は決意を固めてキャンディに背を向けると、本棚に向き合った。

背後でジョーカーが囁くように言う。

「さあ、五つの光が導く未来には、果たしてどんな絶望が待ち受けているのでしょう。ワクワクしますねぇ……」

途端、本棚の本が勝手にスライドし始めた。あんなに動かそうとしてもびくともしなかった本が、まるで生きているみたいに移動していく。そのたびに、ガチャン、ガチャンと錆《さ》びついた錠前を開けるような音が響く。

私たち五人は手をつないだ。お互いの手の温《ぬく》もりを感じ、身構える。

次の瞬間、眼前の本棚から闇の波動が放たれ、私たちを包み込んだ。

私たちは本棚の中の闇へ吸い込まれていく。いつもは本の扉の中は神秘的な光に満ちている。けれど、今見えるのは闇だった。どこまでも続く漆黒《しっこく》の闇だ。これが私たちを待ち受ける未来の色なんだろうか。私たちはこの闇を希望の光で照らせるだろうか。

いや、挫けちゃいけない。キャンディ、絶対に帰るからね……。

そう思った途端、つないでいた手が引き離され、私たち五人はバラバラになった。あかねちゃん、やよいちゃん、なおちゃん、れいかちゃん――みんなの存在が遠くなっていく。五人で過ごした想い出が、闇に溶けるように消えていく。キャンディの存在も、プリキュアだったことも、楽しかった想い出も、苦しかった想い出も、何もかも……。

私はみんなの名を呼ぼうとした。けれど、名前が出てこない。大切な友達なのに、数えきれないほどの想い出があるはずなのに、その顔さえも思い出せない。

もはや、なぜ自分がこの闇の中にいるのか、それもわからない。悔しい……怖い……。

……あれ？　私、誰だっけ……？　今まで何してたんだっけ？

ただ、長い長い夢を見ていた気がする。夢の中で、私は妖精に出逢い、友達と力を合わせ、絶望から世界を救ったんだ。とてもリアルでドラマチックな夢だった。まるで私が描いた創作絵本『最高のスマイル』の主人公になったみたいに……。

*　*　*

白紙のページにあぶり出しで文字が浮かび上がるみたいに、私は失くしていた記憶を全て取り戻した。私の人生は、九年前、中学三年生のあの日で止まっていた。私たち五人は、ジョーカーによって生み出された『絶望の物語』の中を生きていたんだ。

にわかには信じられない。七色ヶ丘の街も、書店も、お父さんもお母さんも、書店で出逢ったよしみちゃんも……私の九年間の人生は何もかも虚構だったなんて。けれど、そんなことより今は早くあの日のみんなに会いたいと思った。

本棚から本の扉へ突入した私は、光の空間を落ちていく。この光の先に、ふしぎ図書館がある。キャンディが助けを待っている。

私だけじゃない。みんなもきっと絶望を乗り越えたに違いない。まだ再会していないのに、そんな確信があった。離れていても、みんなを心から信じることができた。

みんなの顔と名前が甦ってくる。あかねちゃん、やよいちゃん、なおちゃん、れいかちゃん。あの日、ふしぎ図書館で語り合った将来の夢、交わした約束、つないだ手の感触……今ならはっきりと思い出すことができる。

私はあの日に帰らなくちゃ。キャンディを救うために……。笑顔でみんなと再会するために……。待ってて！　キャンディ、みんな！　今行くよ！

その時だった。光の空間のどこか遠くから、微かに声が聞こえた。

「……みゆき～！　……」

ずっと一緒だった懐かしいあの人。九年先の未来、七色ヶ丘商店街の曲がり角でバッタリと再会した友達……。間違いない。その声は……。

「あかねちゃん！」

私とともに光の空間を落下していくあかねちゃんの姿を見つけた。太陽みたいな笑顔を浮かべ、手を振っている。

「みゆきも脱出できたんやな！」

「むこうの世界であかねちゃんに出逢えたお陰だよ！　ありがとう！」

あかねちゃんだけじゃない。やよいちゃん、なおちゃん、れいかちゃんもいる。みんな笑顔で光の空間を落ちていく。まるで五人同時にスカイダイビングをしているみたいに、私たちは落下しながら一ヵ所へ集まっていく。

みんなの姿は中学三年生ではなく、二十四歳の大人のままだ。大人になった私たちスマイルプリキュア、全員集合だ！　と言っても、落っこちながらだけど。

「みゆきちゃ～ん！　むこうで私、マンガ家になれたよ！」

やよいちゃんが歓喜の声を上げながら私にダブルピースする。

「あっちのあたしはなでしこジャパンにはなれなかったけど、サッカーチームのコーチになったよ！」

「あちらの世界で私は七色ヶ丘中学校の教師になっていました！　二年一組の担任です！」

なおちゃんとれいかちゃんも手を振りながら接近してくる。

私は喜びの涙を拭いながら、みんなの笑顔を求めて光の空間を泳ぐように進む。

みんな苦難を乗り越えたんだね。夢を叶えたんだね。失くしてしまった想い出も、何もかも取り戻したんだね。

私たち、きっと未来へ進んでいける。苦しいことも悲しいこともあるだろうけれど、私たち五人はお互いのことを忘れない。ずっと一緒に前へ進んでいく。

「みんな！　キャンディを助けに行こう！」

私たち五人は光の空間を落ちながら頷くと、輪になって手を伸ばした。あと少しで五人の手が届く。私たちは一つになる。

けれど、私の中に一抹の不安が生まれる。ここは本の扉の中だ。扉を抜けるまで、こんなに時間がかかるなんておかしい。それに、私たち、大人の姿になったままなのはなぜだろう……。

その時、獰猛《どうもう》な吠《ほ》え声が光の空間を震わせた。下の方から衝撃波が襲い、手が触れ合う寸前だった私たちは再びバラバラになってしまった。何が起きたのかわからず、私たちは体勢を立て直し、お互いの無事を確認する。

「何やあれ⁉」

あかねちゃんが素っ頓狂な声を上げ、私たちは彼女の指差す遥《はる》か下方を見つめた。

何か巨大な黒いものが下方から上昇してくる。巨大な翼を羽ばたかせ、禍々《まがまが》しい黒い霧を吐いて迫ってくるあの怪物は……。

『最高のスマイル』の絵本に取り憑いたジョーカーだ！　その姿は空間を覆い尽くすほど巨大化し、かつて絵本のページだったギザギザの翼で光の空間を飛行している。ページから飛び出したジョーカーの顔も、もはや黒く醜い怪物と化して、目を爛々《らんらん》と光らせている。ジョーカーが咆哮を発するたびに、光の空間が黒い霧に覆われ、闇に支配されていく。

ジョーカーが邪悪な雄叫《おたけ》びを上げた。

「ハハハハ！　残念！　大人になったみなさんからたっぷりとバッドエナジーを吸収して、進化させていただきました！　その名も『バッド・ジョーカー』！　ここは私の作った『絶望の本の扉』の中です！　さあ、スマイルプリキュアの『絶望の物語』、ここからが最終章！　みなさんの人生はここでバッドエンドです！」

バッド・ジョーカーは絵本の翼を羽ばたかせ、落下していく私たちに襲いかかった。すっかり闇に覆われてしまった空間の中、私たちは衝撃波に吹き飛ばされ、散り散りになってしまう。

「みんな……！」

バッド・ジョーカーの巨体と広がる闇に覆い隠されて、あかねちゃん、やよいちゃん、なおちゃん、れいかちゃんの姿が見えなくなってしまった。

ようやく再会できたのに……。あと少しで脱出できるはずだったのに……。

途端、私はごつごつした地面に落下して、したたかお尻をうった。一瞬、本の扉を抜けてふしぎ図書館へ帰り着いたのかと錯覚したけど、そうではないことはすぐにわかった。寒くて暗い、バッド・ジョーカーの生み出した荒野のような大地だった。

私は辺りを見回したが、どちらを向いても無限の闇、虚無そのものだ。ふしぎ図書館へ通じる出口はない。ひと筋の光さえも見えない。

「あかねちゃん！　やよいちゃん！　なおちゃん！　れいかちゃん！」

闇に向かって、あてもなくみんなの名を呼び続ける。けれど、返事はない。私は絶望に心を折られそうになりながらも、必死に自分を奮い立たせる。

「こんなの反則だよ！　私たち、みんな絶望を乗り越えて、本の扉を開いたのに！」

すると、頭上から突風が襲いかかった。私の眼前にバッド・ジョーカーは余裕で降り立つと、その口から黒い稲妻を放った。私はその直撃を受け、ごつごつした大地に叩きつけられた。全身に激痛が走り、視界がぼやける。

「絶望に終わりはありません！　いくら未来を信じて前へ進もうと、夢を叶えようと、大人になればいつかは忘れてしまうんです！　大切な友達も夢も想い出も、何もかも……！」

呻《うめ》きながら顔を上げると、バッド・ジョーカーが巨体を揺らしながら近付いてくるのが見えた。私は黒い大地を摑み、立ち上がった。

「それは違うよ！　友達も、夢も、想い出も、みんな一生の宝物だよ！　私は絶対に忘れない！　私たちプリキュアも、語り合った夢も、共に過ごした想い出も、みんなみんな永遠なんだから！」

「黙れえええええええ！」

バッド・ジョーカーが獰猛な牙を剝《む》いた。その口から再び黒い稲妻が放たれる。

朦朧《もうろう》とした意識の中で、私は願う。――お願い。奇跡よ、起きて。

黒い稲妻が私に襲いかかろうとした時だった。

「みゆきの言う通りや！」

その声に顔を上げた。

「――みんな！」

散り散りになった、あかねちゃん、やよいちゃん、なおちゃん、れいかちゃんが上空の闇を切り裂いて降下してきたかと思うと、次々と着地した。私たちは暗黒の大地に立ち並び、バッド・ジョーカーの巨体に対峙する。

「どんなことがあっても夢をあきらめない！」

「あたしたちは想い出を取り戻し、絶望を乗り越えた！」

「未来にあるのは絶望だけではありません。希望があります！」

私は闇の中に立つみんなの姿を見つめ、笑顔を取り戻した。

「みんな……！」

刹那、私たちの体から眩い光が溢れ出た。光の衝撃波を受けて、バッド・ジョーカーの巨体が後退し、黒い大地が抉《えぐ》れる。

この感覚、前にも味わったことがある。そうだ、初めてプリキュアに変身した時……。

ってことは、もしかして……！

次の瞬間、私たちの眼前にスマイルパクトが出現した。ジョーカーの力で石化したものではない。眩い光を放っている正真正銘のスマイルパクトだ。

バッド・ジョーカーが五つの光に目を瞬き、驚愕の声を上げる。

「バカな⁉　ここは私の生み出した『絶望の本の扉』の中……。そもそも大人になったあなた方がプリキュアに変身することなど、できるはずが……！」

「できるよ！」

私は確信を持って叫んだ。

「確かにここはあなたの生み出した世界なのかもしれない。だけど、私たち五人の物語の中でもあるんだよ！　主人公は私たち！　ハッピーエンドになるか、バッドエンドになるか、全ては私たち次第なんだから！　どんなに絶望的な状況でも、希望を見失ったりしない！　物語の中なら奇跡だって起きる！　私たちの力で『絶望の物語』を『希望の物語』に変えれば、どんな奇跡だって起こせるよ！」

私はスマイルパクトを掲げ、みんなを見つめる。

「みんな、変身しよう！　プリキュアになって、絶望を希望に変えよう！」

あかねちゃん、やよいちゃん、なおちゃん、れいかちゃんも、まさかという表情だ。

「みゆき……ホンマか!?　ウチら、二十四歳のまんまやぞ！」

「『大人プリキュア』!?　すごい、すごい！」

やよいちゃんがはしゃいでいる。なおちゃんは啞然とした顔のままだ。

「ってゆうか、ホントに変身できちゃうの!?」

「決まってるよ！　だって最終章だもん！」

「そういう問題か……？」

「とにかく、考えるよりも実践してみましょう！」

れいかちゃんに促され、私たちは頷き合った。

以前、マジョリーナの作り出した「コドモニナ〜ル」という薬の力で、私たち五人は幼い子供になってしまったことがあった。その時は、子供の姿のままプリキュアに変身することができた。それだけじゃない。マジョリーナの作った「イレカワ〜ル」という指輪の力で、私とキャンディの中身が入れ替わってしまった時も、私はキャンディの姿のままで

「キュアキャンディ」に変身できた。「チイサクナ〜ル」という小槌《こづち》の力で体が小さくなっちゃった時も、みんなミクロサイズのまま変身できた。ということは、大人になった今だってできる……はず！　たぶん！

スマイルパクトの蓋が開いた。私たちはスマイルパクトに変身キュアデコルをセットする。「Ready《レディー》!」という天の声が聞こえ、私たちは同時に叫んだ。

「プリキュア・スマイルチャージ！」

次の瞬間、「Go《ゴー》!」という声とともに、スマイルパクトから光が溢れ出した。私はピンクの光、あかねちゃんはオレンジの光、やよいちゃんは黄色の光、なおちゃんは緑の光、れいかちゃんは青い光。その光が私たちの掲げた右手で結晶化し、パフが登場した。

「Go! Go! Let's《レッツ》 Go《ゴー》! ハッピー！」

「Go! Go! Let's Go! サニー！」

「Go! Go! Let's Go! ピース！」

「Go! Go! Let's Go! マーチ！」

「Go! Go! Let's Go! ビューティ！」

メロディに乗って、私たちはパフで体に光を纏《まと》う。大人になった私たちの長い手足と体が光に包まれ、プリキュアに変身していく。

最後にパフで両頬を叩くと、私たち五人は笑顔で並び立った。

「キラキラ輝く未来の光！　キュアハッピー！」

「太陽サンサン熱血パワー！　キュアサニー！」

「ピカピカぴかりんじゃんけんポン♪　キュアピース！」

「勇気リンリン直球勝負！　キュアマーチ！」

「しんしんと降り積もる清き心！　キュアビューティ！」

燦然《さんぜん》と輝く私たち五人は、一斉に叫んだ。

「五つの光が導く未来！　輝け！　スマイルプリキュア！」

奇跡が起きた！　私たちはお互いの姿を確認し合い、歓声を上げた。

「やったぁ！　私たち、ホントに『大人プリキュア』になっちゃった！」

体は二十四歳のまま、ハッピー、サニー、ピース、マーチ、ビューティ——私たちスマイルプリキュアは変身に成功しちゃった！　しかも、頭部のティアラは豪華になっているし、衣装は大人っぽくアレンジされて進化しているし、何だかウキウキでウルトラハッピー！　名付けて——。

「よし、決めた！　これぞ、エターナルフォーム！」

「って、何勝手に決めとんのや！」

「エターナルとは、『永遠の』という意味です。素敵だと思います」

ツッコむサニーのとなりで、ビューティが笑顔で同意してくれた。

「ってことで、私はエターナルハッピー！」

「あたし、右足怪我してたはずなのに、変身したら治っちゃった……」

マーチがぴょんぴょん飛び跳ねながらコンディションを確認している。

「ピース、大人になっても相変わらずじゃんけんやるんやな？」

「もちろん！　今日のぴかりんじゃんけんはチョキだよ、チョキ！　みんなは勝った？」

「誰と会話しとんのや！」

「みなさん、感激している余裕はありません！」

ビューティに注意されて、私たちは上空を見た。バッド・ジョーカーがおぞましい咆哮を上げ、その巨体から黒い稲妻を放ちながら私たちを見下ろしている。

「面白い。『大人プリキュア』になったみなさんの力、どれほどのものか見せていただきましょう！」

バッド・ジョーカーが猛然と羽ばたいて襲いかかってきた。

「みんな！　行くよ！」

私たちはごつごつとした黒い大地を蹴って駆け出した。

バッド・ジョーカーは黒い稲妻を放って私たちを攻撃する。空気がびりびりと震え、大地がひび割れていく。私はその稲妻を避けて跳躍し、バッド・ジョーカーの頭上へ舞い上がる。

私は気合を込めると、手でハート形を作り、ピンク色の光波《こうは》を放った。

「エターナル・ハッピーシャワーシャイニング！」

バッド・ジョーカーは光波を浴びて、その巨体が地面に落下する。思いがけない威力に私は自分で驚愕する。

「おおっ⁉　攻撃力もアップしてるみたい！　これがエターナルフォームの力！」

サニーは全身に強大な炎のエネルギーを纏い、火球《かきゅう》を放つ。

「エターナル・サニーファイヤーバーニング！」

ピースは天に向けた右手のピースサインに雷光を集めて両手から放つ。

「エターナル・ピースサンダーハリケーン！」

マーチは風のエネルギーをサッカーボールの形に凝縮すると、体をトルネード状に回転させながら強烈なシュートを放つ。

「エターナル・マーチシュートインパクト！」

ビューティは氷のエネルギーを矢に変化させ、氷の剣を組み合わせた弓でその矢を放つ。

「エターナル・ビューティブリザードアロー！」

次々と攻撃が命中する。バッド・ジョーカーは苦悶の咆哮を上げながら、上空の闇へ舞い上がった。

「ホンマや！　ウチらの力、めっちゃ強くなっとる！」

サニーが自らの力に興奮している。が、上空で轟音《ごうおん》が発せられ、私たちは見上げる。

バッド・ジョーカーが手当たり次第に黒い稲妻をまき散らしたのだ。その稲妻が触手になって私たちに迫ると、私たちの体に巻き付いて拘束した。私たちは負けじと踏ん張るが、触手によって振り回され、ごつごつした大地に叩きつけられた。

凄《すさ》まじい轟音と共に黒い土塊《つちくれ》が飛び散る。大地が抉れ、クレーターのような穴ができた。

その穴の底で、私たちは土塊を払い除けて立ち上がる。不思議なことに、さほどダメージはない。久しぶりの変身だというのに、今まで以上の力を発揮できている。

「やっぱり大人になった分だけパワーアップしているんだ！」

私たちは体に巻き付いた黒い触手を摑むと、逆にバッド・ジョーカーをぐるぐる振り回し、思い切り投げ飛ばした。バッド・ジョーカーはさらに上空へと飛んでいく。

「みんな！」

私たちは頷き合うと、上空へと飛翔《ひしょう》した。どこまでも続く闇をぐんぐんと上昇し、浮遊するバッド・ジョーカーを発見する。バッド・ジョーカーは最後の足掻《あが》きとばかりに、黒い稲妻を放って反撃する。

けれど、私たち五人は怯《ひる》まない。稲妻を避けながら、五つの光の筋となって、上空のバッド・ジョーカーに接近していく。

私の脳裏にキャンディの姿がよぎる。ふしぎ図書館で捕らわれの身となっているキャンディ。大好きなキャンディ……。

「私たちは絶対にふしぎ図書館へ帰る！　絶対にキャンディを助けるんだから！」

その想いを胸に、私たちはバッド・ジョーカーの巨体を見据える。

刹那、私たちの想いに呼応するように、闇の空間にひと筋の希望の光が差した。光のむこうに、ふしぎ図書館で捕らわれているキャンディのシルエットがはっきりと見える。その胸にはミラクルジュエルを輝かせ、女王として覚醒した姿であるロイヤルキャンディへと変身を遂げていた。

キャンディの声がはっきりと私たちの耳に届く。

「みんなの力を一つにするクル！」

キャンディ……！

私たちはその手にプリンセスキャンドルを握りしめ、最後の技を放つ。

「プリキュア・エターナルレインボーバースト！」

私たち五人とキャンディの光が一つになり、虹色の光となって闇を切り裂く。その輝きも、その威力も、かつての技を凌駕《りょうが》する勢いで、バッド・ジョーカーに迫る。光におののきながら、バッド・ジョーカーは黒い稲妻でシールドを張って防御する。私たちの光とバッド・ジョーカーの闇が衝突する。

「はぁぁぁぁぁぁぁ!!」

私たちは渾身の力と想いを込めて、闇を押し返す。私たち五人とキャンディの力が、バッド・ジョーカーのシールドを圧倒していく。と、その時——。

「みなさん、あれを……!」

ビューティが叫んだ。私たちは瞠目《どうもく》する。

バッド・ジョーカーの背後に広がる闇に、突如として異空間が開けた。そのぽっかりと空いた穴のむこうに、絵本のページが投影されている。その絵本に描かれているのは……大人になった私たちの姿だ!

私は七色ヶ丘駅前書店で働き、書店の閉店を告げられている。

あかねちゃんはブライアンに別れを告げられ、お好み焼き作りに苦戦している。

やよいちゃんはマンガの連載に忙殺され、連載終了を申し出ている。

なおちゃんは右足を負傷して、コーチの仕事と家族との間で揺れている。

れいかちゃんは生徒の心が見えず、教師としての道を見失っている。

五人とも夢に挫折したり、行き詰まったりして、悩みを抱えている。そこに笑顔はなく、みんな道に迷っている。

バッド・ジョーカーが挑発するように巨大な顔を私たちに向け、不敵に笑う。

「『絶望の物語』は終わらせない！　未来に希望などないのです！」

　私たちはプリンセスキャンドルを握る手に力を込め、想いを一つにする。

「私たちは未来を切り開く！　あなたの作り出したニセモノの未来なんて、私たちが乗り越えてみせるんだから！」

　バッド・ジョーカーの口がニヤリと不気味に歪んだ。

「みなさんは一つ重大な勘違いをしていますよ。『絶望の物語』は決して私の作り出した虚構ではありません」

「え……!?」

「全五章の『絶望の物語』は、みなさんの心が作り出した未来図！　心に絶望があるからこそ生まれたバッドエンドなのです！」

　私たちは衝撃を受け、言葉を失う。

　あの未来世界は、私たちの心から生まれた……!?

「あなた方はいずれ挫折するでしょう。夢を見失うでしょう。友達も想い出も、いつか忘れてしまうでしょう。そんな未来に一体何の意味があるんですか？　どうせ挫折するなら、初めから夢なんて持たなければいいと思いませんか？」

　バッド・ジョーカーの生み出した黒い稲妻のシールドが、私たちの光を闇に染めていく。私たちは必死に耐えるが、闇に飲み込まれてしまいそうだ。バッド・ジョーカーが勝利を確信し、雄叫びを上げる。

けれど、私は負けずに闇を見据える。

「確かに夢を持つと苦しい。挫折しそうになるかもしれないし、大変なことはたくさんあると思う。けど……だけど私は夢を信じたい！　だって、私たちはみんな『絶望の物語』を克服することができたんだから！」

あかねちゃんも、やよいちゃんも、なおちゃんも、れいかちゃんも、みんな決意の表情で闇に立ち向かっていく。

「せや！　ウチは失恋したけど、お好み焼きの隠し味に気付けた！」

「私は連載をやめちゃったけど、ずっとマンガを描き続けたいって思った！」

「あたしはサッカー選手にはなれなかったけど、家族と離れてコーチになる勇気を持てた！」

「私は教師の道を見失いそうになりましたが、これからも生徒と共に歩んでいこうと心に決めました！」

「そう思えるようになったのは、ジョーカー、あなたのお陰だよ」

「……何⁉」

私の言葉にバッド・ジョーカーは絶句して目を見開く。

「私たちは『九年後』を生きて、大切なことに気付くことができた。頑張っていれば、いつかきっとハッピーなことがある。絶望の先には希望がある。『絶望の物語』も『希望の物語』も、同じ一つの物語なんだね」

「希望などない！　あるのは絶望だけです！」

バッド・ジョーカーは懸命に全身から黒い稲妻を放って抵抗する。が、私たち五人は前進し続け、一斉に叫ぶ。

「私たちは未来をあきらめない！」

「ぬあああああああ!?　来るなぁぁぁぁぁぁ！」

刹那、五つの光がロイヤルキャンディの光と合わさって、神々しい光線がバッド・ジョーカーに命中した。バッド・ジョーカーは苦悶の叫びを上げ、その姿が収縮していく。

私は満面の笑みで両手を広げ、バッド・ジョーカーを胸に抱きしめた。

「ジョーカー……ありがとう」

バッド・ジョーカーから闇が完全に抜け、もとの『最高のスマイル』の絵本に戻った。空間を支配していた闇が散り散りになり、光が戻ってくる。「絶望の本の扉」が、もとの本の扉へと戻っていく。『絶望の物語』が『希望の物語』へ、バッドエンドがハッピーエンドへと変わっていく。

私たちは、彼方にぽっかりと空いた穴のむこうの異空間を見上げた。そこに大人になった〝未来〟の私たちの絵が投影されている。その姿が、光に包まれて消滅した。

さようなら。〝未来〟の私たち。素敵な夢を見せてくれて、ありがとう。いつかまた会おうね。そう遠くない未来に……。


次の瞬間、光の空間を抜け、私は本棚から転がり出た。

この地面の感触、本の匂い、降り注ぐ光……ふしぎ図書館だ！　帰ってきたんだ！

見上げると、空間を満たしていた黒い霧が晴れ、天から神秘的な木漏れ日が降り注いでいた。本棚を覆っていた黒い煤も消え、世界中のメルヘンが揃った本棚が遥か高くまで聳《そび》えている。ジョーカーによって闇に閉ざされたひみつ図書館が、元通りになった！

「痛〜っ……」

声に気がつくと、あかねちゃんが地面につんのめるような体勢で倒れ、額を押さえていた。あかねちゃんだけじゃない。やよいちゃん、なおちゃん、れいかちゃんも、本棚の前に座り込み、辺りを見回している。

「みんな……！」

私たち五人は駆け寄り、抱き合った。名前を呼び合い、無事を確認し合う。

「あかねちゃん！　やよいちゃん！　なおちゃん！　れいかちゃん！　みんな……みんな無事で良かった！」

私たちの変身は解け、その姿は元の中学三年生に戻っている。

そこへキャンディが喜びを爆発させて飛んできた。

「みゆき〜！　みんな〜！」

「キャンディ！」

キャンディは私の胸に飛び込む。私は勢い余って尻餅をついてしまった。

「大丈夫⁉　怪我ない⁉」

「大丈夫クル！　みんな無事で嬉しいクル〜！」

私はキャンディを胸から引き離した。

「ねえ、私たち、一体どれくらい長い間むこうの世界に行っていたの？」

ずっと二十四歳の世界を生きていたので、私は時間の感覚が麻痺《まひ》していた。あれから何年も経ったような気もするし、一瞬だったような気もする。

あかねちゃんも私を押しのけ、身を乗り出す。

「こっちの世界も九年経っとるんとちゃうやろな？」

まさか⁉　そんなことって……。

「それはないと思いますよ」

と、れいかちゃんが言って、切り株の家の中へ向かった。私たちもれいかちゃんに続く。

部屋のテーブルの上には、旅立つ前にみんなで飲んでいた紅茶のカップが置かれている。

れいかちゃんはそのカップに触れてみて、にっこりとした。

「紅茶がまだ温かいです。私たちが旅立ってから、ほんの十数分程度でしょう」

れいかちゃんの冷静な分析に、私たちはほっと胸を撫で下ろした。

僅か十数分の間に、二十四歳の大人になっただけでなく、そのままプリキュアに変身しちゃうなんて、まるで夢みたいな出来事だった。けれど、こうしてジョーカーを撃退することができたのだから夢じゃない。

「キャンディも頑張ったクル！　ずっとみゆきたちを応援していたクル！」

私は思い出した。むこうの世界で本の扉を開く前、キャンディの声が聞こえたこと。その声が脱出のきっかけとなったこと。

「ちゃんと聞こえたよ、キャンディの声」

私はキャンディをもう一度抱きしめた。

「ウチもや。キャンディ、よう頑張ったな！」

「私も！　キャンディ、私の名前、呼んでくれてありがとう」

「キャンディの声が聞こえなかったら戻れなかったかもね」

「私も間一髪でした」

その時、どこかで声が聞こえた。

「皆の衆～！」

この声は……！

私たちは切り株の家から飛び出した。本棚が神々しく光り輝いたかと思うと、本の扉から何かが飛び出してきた。

「皆の衆！　無事でござるか⁉」

「ポップ！」

メルヘンランドからやってきたポップは、息を切らして着地する。

「お兄ちゃ～ん！　会いたかったクル～！」

キャンディが駆け寄り、ポップに抱きついた。ポップは勢い余って「ぬお！」っと地面を転がる。が、妹に気付いて安堵の息を漏らした。

「キャンディ、無事でござったか。本の扉が闇の力で閉ざされてしまい、心配していたでござる」

「メルヘンランドのみんなは大丈夫なの⁉」

私が訊ねると、ポップは笑顔で頷く。

「無事でござる。ウルルンも、オニニンも、マジョリンも、みんな元気でござるよ。それより、一体何があったでござるか？」

えーっと、どこから話せばいいんだろう？　みんなで卒業旅行の行き先を話し合ってい

て、夢を語り合って、それから……。私はそこでハッと気付いた。

「そういえば、私の絵本は……？」

ジョーカーに利用された『最高のスマイル』の絵本、あれはどこへ……？

見回すと、ふしぎ図書館の中央の地面に絵本が落ちているのが見えた。私は駆け寄り、

絵本を拾い上げた。

それは何の変哲もない元の絵本に戻っていた。最後のページからジョーカーも消え、全

五章の私たちの名前も消えている。

ジョーカーは完全に消滅したんだろうか。それとも、私たちへの復讐に燃え、まだどこ

かを彷徨っているんだろうか。いずれにしても、私たちはジョーカーの与えた試練を乗り

越え、たとえ虚構の世界であろうとも、絶望を希望に変えることができた。

私は絵本の白紙のページを見つめる。

「ここに描いていくんだね。私たちの未来を……」

あかねちゃん、やよいちゃん、なおちゃん、れいかちゃん、キャンディ——みんなは白

紙のページを見つめ、頷き合う。そして、私たちは最高のスマイルを浮かべた。

依然として状況が飲み込めずに立ち尽くすポップにはお構いなく、私は言った。

「そうだ！　みんな！　私、いいこと思いついちゃった！」

「何や、いいことって？」

あかねちゃんに訊かれ、私は満点の笑顔で答える。

「卒業旅行の行き先！　みんなが笑顔になれる、ウルトラハッピーな場所だよ！」

未来の私たちへ

想い出って不思議だね。

すぐに忘れてしまう想い出もあれば、何年経っても色褪《あ》せない想い出もある。それどころか、時が経つほどキラキラと輝きを増していく想い出だってある。私にとって、みんなと過ごした想い出は、何ものにも代え難い一生の宝物だよ。

さて、最後に一つ、とっておきの想い出を記しておかなければなりません。

私たち五人の卒業旅行について――。

あの日、ふしぎ図書館で議論した末に、結局決まらなかった旅の行き先……。私はウルトラハッピーな場所を思いついたのです。

七色ヶ丘中学校の卒業式の日。卒業証書を授与され、後輩や先生たちに見送られ、私たちは、校門を出ました。あかねちゃん、やよいちゃん、なおちゃん、れいかちゃん……みんな未来を見据え、その笑顔はキラキラと輝いています。

空を見上げると、雨上がりの空に虹が架かっていました。今まで見たこともないくらい大きくて綺麗な虹です。

私は興奮を抑えきれず、みんなを振り向き、提案しました。

「みんな！　今から卒業旅行に行こう！　ウルトラハッピーなところへ！」

みんな呆気にとられて私を見つめています。

「今から⁉　みゆき、何ゆうとんねん」

あかねちゃんがツッコむと、

「家に帰って準備しなくちゃ……」

「あたしも家族を置いては行けないしなぁ……」

と、やよいちゃんとなおちゃんも途方に暮れています。

「でも、今行かなきゃ間に合わないの！　今すぐに！」

私が急かすと、れいかちゃんが訊ねました。

「みゆきさん、教えて下さいませんか？　旅の行き先とは……？」

私は虹を指差して、ニッコリ答えました。

「虹の根元だよ！」

虹を見上げ、みんな唖然としています。キャンディも私のバッグから顔を出し、興味津々の表情で虹を見つめました。

「みんなは聞いたことない？　虹の根元には宝物が眠ってるってお話があるの。今からみんなで行ってみない？　虹の根元へ。そして私たちだけの宝物を探すの」

みんな満開の桜みたいにパッと笑顔になりました。

「みゆきらしい考えやな」

「素敵な旅行先だと思います」

「虹が消えないうちに急いで行かなきゃね」

「行こう行こう♪」

「キャンディも行きたいクル！」

みんな口々に賛同してくれました。

「よーし、そうと決まれば、スマイルプリキュア、とっておきの卒業旅行！　虹の根元の宝探しへ、レッツ・ゴー！」

私たちは虹の根元を目指して歩き始めました。

虹は七色ヶ丘の街を跨ぐように架かっていて、その端は街のはずれの丘の上まで続いています。バスや自転車を使えば、短時間でたどり着けたのかもしれません。けれど、私たちは自分の足で一歩一歩進んで行きました。

ふしぎ図書館で卒業旅行の行き先を議論していた時、私たちは本の扉を使うことばかり考えていました。確かに本の扉を使えば、本棚から本棚へ、世界のどこへでも行くことができます。

けれど、私は気付いたのです。本の扉を使わなくても、一生の想い出に残る旅ができるってこと。大切な友達と、まだ見ぬ宝物を求めて、自分の足で目的地を目指す。こんなに素敵な卒業旅行は他にないよ！　この一歩一歩が想い出を刻み、未来へと繋がっていく気がする……。

黙々と歩くうちに、街の郊外へとやってきました。やがて人通りが消え、家々もまばらになってきます。あんなに大きく綺麗に見えていた虹は、今にも溶けて消えてしまいそうです。

虹の根元は目前です。あの丘を登れば、そこが目的地、宝の眠っている場所です。

あと少し……あと少し……。

私たちはいつしか走り出していました。誰も口をきかず、走ります。

緑の丘の麓にたどり着き、てっぺんを目指して黙々と丘を登っていきます。春の爽やかな風と、花の香りが、そっと私たちの背中を押してくれます。

無言で丘を登る私の脳裏に、たくさんの想い出が去来します。プリキュアとして走り抜けた一年間、かけがえのない出来事の数々……。

私たちは遂に丘のてっぺんに登り切り、虹の根元へとたどり着きました。

そこは何もない丘の上で、ただそよ風に緑の草が揺れているだけの空間です。みんな呼吸を整えるのに精一杯で、誰も言葉を発しません。

やがて私は空を見上げ、ため息を漏らしました。虹はすでに消えていたのです。

私たち五人とキャンディは、しばし呆気にとられて上空を見つめていましたが、やがて誰からともなく笑い始めました。私たちは声を出して笑いながら、丘の上にごろんと寝転がりました。仄かな香りのする草のカーペットが、私たちをそっと受け止めてくれます。

虹の根元に宝物が眠っている。そんなお話から思いついた宝探しでしたが、私たちは誰も宝物を掘り出そうなんて言い出しません。みんなとっくに、宝物なんてどうでもいいと思っていたのです。ただ、大切な友達と一緒に虹の根元までたどり着けた。その奇跡的な体験だけで十分でした。

辺りはすっかり暗くなり、空には満天の星が輝いています。

「あかねちゃん、やよいちゃん、なおちゃん、れいかちゃん、キャンディ……」

名前を呼ぶと、みんなキョトンとして私を見つめ返します。

私は微笑しました。

「ううん……呼んでみただけ」

私たちの見上げる夜空には、キラキラ輝く星が溢れています。夜風が心地よく、まるで夢を見ているような気分です。

ずっとここでこうしていたいと思いました。できることなら、永遠に……。

「ウチら、いつか忘れてしまうんかな？」

あかねちゃんがぽつりと言いました。

「友達のことも、プリキュアだったことも……みんな忘れて大人になってまうんかな？」

みんな沈黙しています。聞こえるのは、風の音と、草の揺れる音、そして私たちの微かな吐息だけです。長い長い沈黙でした。

「忘れないよ」

私は断言しました。

「忘れない……絶対に」

私たちは決めました。虹の根元であるこの場所に、宝物を埋めよう。私たちだけのとっておきの宝物を――。

その宝物とは……そう、この本。私たちが体験した全六章の『希望の物語』です。

私たちのかけがえのない想い出を、タイムカプセルに封じ込めて未来に託します。

いつか大人になって希望を失くした私たちが、いつでもこの丘へ登り、ページを開くことができるように……。宝物を掘り起こして、また笑顔を取り戻せるように……。

大人になった未来の私たちへ。

あなたは今、どうしていますか？　夢は叶いましたか？　仕事は楽しいですか？　毎日笑顔を忘れずに過ごしていますか？

タイムカプセルを開けてこれを読んでいるということは、きっと心が弱っているのでしょう。夢を見失い、挫折しそうになっているのかもしれません。笑顔なんか失くして、悲しみに打ち拉《ひし》がれているのかもしれません。

でもね、そんな時は思い出して。

あなたたちはプリキュアになって世界を救ったんだよ。

勇気を出して。

あなたたちは『絶望の物語』を『希望の物語』に変えることができたんだよ。

そして、忘れないで。

あなたたちにはかけがえのない友達がいることを。

泣きたくなったら、みんなで虹の根元を目指した、あの日のことを思い出して。

キラキラ輝く星空のどこかに、きっと幸せが見つかるよ。

星空みゆき

小説 スマイルプリキュア！　新装版

原作
東堂いづみ

著者
小林雄次

イラスト
川村敏江

協力
金子博亘

デザイン
装幀・東妻詩織（primary inc.,）
本文・出口竜也（有限会社 竜プロ）

小林雄次｜Yuji Kobayashi

脚本家。長野県出身。1979年9月3日生。2002年『サザエさん』でデビュー。特撮・アニメのほか、一般ドラマも手掛ける。代表作は「ウルトラマン」シリーズ、『牙狼＜GARO＞』『オルトロスの犬』『スマイルプリキュア！』『宇宙刑事ギャバン THE MOVIE』『美少女戦士セーラームーン Crystal』など。

講談社キャラクター文庫 023

小《しょう》説《せつ》 スマイルプリキュア！　新《しん》装《そう》版《ばん》

2023年2月8日　第1刷発行
2024年5月7日　第3刷発行

KODANSHA

著者	小林雄次《こばやしゆうじ》　©Yuji Kobayashi
原作	東堂《とうどう》いづみ　©ABC-A・東映アニメーション
発行者	森田浩章
発行所	株式会社　講談社
	〒112-8001　東京都文京区音羽2-12-21
電話	出版（03）5395-3489　販売（03）5395-3625
	業務（03）5395-3603
本文データ制作	講談社デジタル製作
印刷	大日本印刷株式会社
製本	大日本印刷株式会社

ISBN 978-4-06-530780-9　N.D.C.913　308p　15cm
定価はカバーに表示してあります。Printed in Japan

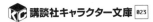